BoD - Books on Demand

Martina Wissen
Dinas Weisheiten

Über das Buch

Liebe Leser und Hundefreunde,
vielleicht haben Sie schon mein erstes Buch gelesen. Es erzählt die Geschichte meiner Hündin Dina, die mir zehn Jahre ihres Lebens treu zur Seite stand. Sie brachte mich dazu, meine Gabe zu erkennen, und suchte mich als ihr Schreibmedium aus. So habe ich die Möglichkeit, ihr Leben aus ihrer Sicht zu erzählen. Sie erlaubt uns Einblicke in ihre tiefsten Gefühle und lässt uns an ihrem Leben teilhaben. Dina ist doch der Meinung, das erste Buch gibt nur einen Teil ihres Lebens preis, und sie möchte unbedingt, dass Sie ihre ganze Geschichte erfahren. Sie hat dem Buch eine gewisse Tiefgründigkeit verliehen und möchte, dass wir lernen, die Tiere so zu verstehen, wie sie uns verstehen. Dass wir den Tieren zeigen, hey, es gibt Menschen, denen wir wieder unser Vertrauen schenken können. Wenn Sie Dina schon kennen, wissen Sie, dass es auch wieder einiges zu lachen gibt. Wissen wir nicht alle, was unsere Tiere so alles anstellen, um uns den Alltag für kurze Zeit vergessen zu lassen. Alleine schon die Mimik, wenn sie etwas angestellt haben. „Ich war das nicht, nein nieeeeemals, ich doch nicht." Es gibt keine besseren Schauspieler als unsere Tiere. Seien wir ehrlich, lange können wir ihnen doch nicht böse sein, egal, was sie gerade angestellt haben.

Ich wünsche Ihnen viel Spaß
beim Erleben unserer Geschichte

Martina Wissen

Dinas Weisheiten

Die Deutsche Nationalbibliothek verzeichnet diese Publikation in der Deutschen Nationalbibliographie; detaillierte bibliographische Daten sind im Internet über dmd.dnd.de abrufbar.

Impressum
Copyright: 2017 Martina Wissen
Herstellung und Verlag:
BoD - Books on Demand, Norderstedt

ISBN: 9783743177109

Dieses Buch widme ich meiner Mutter, die starke Nerven und noch mehr Geduld bewiesen hat. Sie wusste uns zu bändigen, was ehrlich gestanden nicht immer leicht war. Sie stand sehr oft im Mittelpunkt unserer Späße, ohne uns aber wirklich böse zu sein.

Mein ganz besonderer Dank gilt auch meiner Hündin Dina. Ohne ihr Hundeverständnis für uns Menschen würde es dieses Buch nicht geben. Sie brachte mich dazu, auch ein zweites Buch über ihr Leben zu schreiben.

Es ist ihre Geschichte

Danke Euch beiden
für alles!

In Gedenken
Eure Tina

Inhalt

Vorwort..9
Das bin ich!!..11
Ihr könnt mich doch nicht alleine lassen!!............17
Ausgebüxt...27
Die nächste Fahrt geht rückwärts......................37
Auf der Flucht..45
Orientierungslos......................................51
Halloooooo, ist jemand zu Hause?......................59
Alle Mann in Deckung!!................................65
Tinaaaaa, wo bist Du????..............................71
Für wie blöd haltet Ihr uns???........................79
Ich war's nicht.......................................87
Geht's noch?..93
Fein, ich werde gebraucht.............................99
Hey, du Krümelmonster................................105
Frauchen, ich habe Hunger!!!.........................111
Einige Zeilen für Dich!!!............................115

Vorwort für uns Menschen

Eine Geschichte von und über meinen Hund
für uns Menschen

Dina ist es ein großes Anliegen, uns Menschen mit ihrer Geschichte zu erreichen. Mit einem sanften Schubs ihrer Fellnase möchte Dina uns zu verstehen geben, dass es sich immer lohnt, einem Tier, ganz gleich, woher es kommt, oder was es erlebt hat, ein liebevolles Zuhause zu geben. Den Tieren eine Chance zu bieten, die Menschen in einem anderen Licht zu sehen. Dass wir es verdient haben, dass die Tiere uns ihr Vertrauen schenken. Viele von ihnen haben schlimme Dinge erlebt, bevor sie zu uns kommen. Es mag manchmal mit sehr viel Geduld und auch Zeit verbunden sein, bis sie ihre neuen Menschen akzeptieren und sie annehmen.
Trotzdem vertrauen sie uns Menschen wieder und schenken uns ihre bedingungslose Liebe. Sie berühren unsere Seele und wissen zu jedem Zeitpunkt, wie es uns geht. Schenken uns Freude und muntern uns auf, wenn es uns schlecht geht.

Tiere sind es wert, dass
wir ihnen mit Achtung und Respekt begegnen.

Das bin ich !!

Hallo Sie, ja Sie, genau Sie, meine ich. Auch wenn Sie mein erstes Buch schon kennen und es mit Interesse und Neugierde verschlungen haben, werden Sie um dieses Buch nicht herumkommen. Wer kann meinem Charme schon widerstehen? Es ist mit genauso viel Esprit und Witz geschrieben. Liebe Leser, Sie werden nicht enttäuscht werden, da dieses Buch noch mehr von meinem Leben erzählt. Bei denen, die mich noch nicht kennen, möchte ich mich gerne vorstellen.

Ich werde von den Menschen „Dina" gerufen. Meinen Leben begann in Spanien, und auf Umwegen bin ich nach Deutschland gekommen. Hier habe ich auch noch einiges erlebt, bevor das Schicksal es gut mit mir meinte und mich mit meinen beiden Menschen zusammenführte.

Ich fühle mich als graue Maus, mit Proportionen, die nicht wirklich zusammenpassen. Große, dicke Pfoten, viel zu lange Beine, einen hageren Körper und Ohren, die nicht wissen, wo sie hingehören. Das Ganze wird noch durch mein struppiges, graues Fell und meine Tollpatschigkeit abgerundet. Ich sehe aus wie ein zu groß geratener Ziegenbock.

Ich soll eine Mischung aus Riesenschnauzer und Wolfshund sein. Von beiden ist noch nicht wirklich viel zu sehen. Jetzt noch eine kurze Beschreibung meines Charakters.

Ich besitze einige Stärken. Eine davon ist die der Nahrungsbeschaffung. In Spanien schloss ich mich einer Gruppe Straßenhunde an und wurde wegen meiner Größe und Schlauheit zu ihrer Rudelführerin gewählt. In dieser Zeit habe ich gelernt, mich durchzusetzen und etwas Essbares zu organisieren.

Womit ich allerdings Steine zum Schmelzen bringen kann, sind meine großen, braunen und von langen Wimpern eingerahmten Augen. Damit erreiche ich fast alles. Am fetzigsten sehe ich aber aus, wenn ich total verknautscht aus meinem Schlaf erwache und meine Haare wild in alle Himmelsrichtungen abstehen. Da kann mir keiner widerstehen.

Ich besitze auch noch andere Vorzüge, die aber sehr tief in meinem Herzen vergraben sind. Wenn ich Menschen begegne, denen ich vertrauen kann, die gut zu mir sind, mir ein sicheres Zuhause bieten und immer zu mir stehen, für die gehe ich durchs Feuer. Ja, für diese Menschen würde ich sogar mein Leben opfern, wenn es nötig wäre. Ich bin eine treue Seele und verdiene es, zu tollen Menschen zu kommen.

Durch meine prägende Vergangenheit bin ich sehr eingeschüchtert und habe vor allen Situationen Angst. Kann aber zum Leidwesen aller Beteiligten äußerst stur sein. Was ich nicht will, will ich auch nicht. Das brachte mir in der Vergangenheit auch sehr viel Prügel ein. Irgendwann habe ich aufgegeben, und mein Wille war gebrochen. So nahm das Schicksal seinen Lauf. Ich habe wahnsinnige Angst vor Männern. Wie die meisten meiner Leidensgenossen. Große Statur, dunkle Gestalt und um das Ganze noch abzurunden, einen großen, schwarzen Hut auf dem Kopf. Da gehen auch viele meiner Hundekumpels in Deckung und suchen das Weite. Da war es ein Riesenglück, dass sich gleich zwei Frauen für mich interessierten. Mit dem weiblichen Geschlecht habe ich noch keine schlechte Erfahrung gemacht.

Ich saß also im Tierheim und wartete wie jeden Tag auf das, was noch an Überraschungen kommen mochte. Heute sollte aber alles anders sein. Nach der Mittagspause klingelte es an der Tür. Zwei Frauen betraten den Raum. Die beiden Frauen waren Mutter und Tochter. Tina, so heißt die Tochter, war die Erste an meinem Zwinger. Wir sahen uns in die Augen, und es war um mich geschehen. Wenn es Liebe auf den ersten Blick gibt, dann genau in diesem Moment.

Ich bin dahin geschmolzen wie ein Eisblock in der Wüste. Ich legte meine ganze Hoffnung und mein ganzes Leid in diesen Blick. Meine Augen bettelten: „Bitte nimm mich mit zu dir nach Hause, egal, wo das ist. Es spielt auch keine Rolle, was mich erwartet."

Und dann, was war das? Ich konnte es erst nicht glauben. Meine Zwingertür wurde geöffnet, und es geschah ein Wunder, ich wurde doch wirklich mitgenommen und bekam ein neues Zuhause.

Ich lebte, wie gesagt, eine für mich sehr lange Zeit auf der Straße und konnte selber entscheiden, ob ich gehe oder bleibe. Bei Gefahr lief ich einfach weg, um mich und mein Rudel in Sicherheit zu bringen. Danach habe ich für kurze Zeit ein Grundstück bewachen müssen, bevor ich ins Tierheim kam. Also war ich es gewohnt, mehr oder weniger frei zu sein. Keinen engen Kontakt zu Menschen zu haben, geschweige denn, auf engem Raum mit den Zweibeinern zu leben. Was mir am Anfang wirklich schwerfiel. Es war alles so neu und ungewohnt für mich. Es ist zwar ein Haus, aber alles auf einer Etage. Ich fühlte mich eingesperrt und hilflos.

Ich rannte den ganzen Tag zu der einen Tür hinaus, rund ums Haus und auf der anderen Seite wieder hinein. So ging das den ganzen Tag. Von morgens bis abends rannte ich so im Kreis und fand keine Ruhe. Erst als Tina abends von der Arbeit kam, schlief ich vor Erschöpfung ein. So nach und nach lernte ich meine beiden Menschen langsam kennen und näherte mich ihnen an. Alle beide geben sich sehr viel Mühe mit mir. Tinas Mutter umsorgt und versorgt mich mit Nahrung, einem tollen Zuhause und mit all dem, was das Hundeherz höher schlagen lässt.

Die Vergangenheit sitzt aber viel zu tief. Ich bin misstrauisch, ängstlich, eingeschüchtert, und mein Wille wurde gebrochen. Nach einer Woche hörte ich mein Frauchen mit dem Tierheim telefonieren. Sie wollte wissen, was ich erlebt habe, weil sie mit ihrem Latein am Ende war, wie die Menschen zu sagen pflegen. Sie wusste nicht mehr weiter. Ihr wurde gesagt, wenn sie nicht mit mir zurechtkommt, soll sie mich halt wieder zurückbringen.

Ich hatte es gerade gewagt, mich meinen beiden Menschen etwas zu öffnen und dann das. Mein Frauchen wollte mich wieder loswerden. Ich zog mich wieder hinter meine schützenden Mauern zurück. Da dachte ich, endlich ein sicheres Zuhause gefunden zu haben und dann das. Ich sollte wieder zurück ins Heim. Alle Menschen, auf die mein Frauchen und ich bei unseren Spaziergängen trafen, sagten ihr, dass ich verhaltensgestört und schwierig sei.

Hallooo, ist das denn ein Wunder, bei dem, was ich schon alles erlebt habe. Keiner kennt meine Vergangenheit und kann mir helfen. Ich dachte, meine Menschen geben mir ein sicheres Zuhause. Aber weit gefehlt. Mein Frauchen wollte mich wieder loswerden. Habe ich denn keine Chance verdient?

Neiiiiiiin. Das könnt ihr mir doch nicht antun!

Tina kam abends von der Arbeit und besuchte uns. „Na, wie läuft es denn bei euch?", wollte sie wissen. Ich hörte nur: „Der Hund muss weg, dafür habe ich keine Nerven." Okay, der Hund, das war ja wohl in dem Fall ich, sollte weg? Warum, was habe ich denn so Schlimmes getan? Ich habe doch nur Angst.

Tina meinte darauf nur: „Wir sind ihre letzte Chance. Wenn sie zurück muss, geht sie ein."

Meinem Frauchen ist diese Entscheidung sehr schwer gefallen, und es hätte ihr bald das Herz gebrochen, aber sie hatte mal wieder nicht mit Tina gerechnet. Tina meinte nur: „Okay, du hast recht. Hier sind die Autoschlüssel, die Strecke kennst du ja." Ich traute meinen Ohren nicht. Selbst Tina war der

Meinung, ich müsse wieder weg. Hatte ich mich denn so in ihr getäuscht? Ich verstand die Welt nicht mehr.

Dann entfachte eine wilde Diskussion. Tina wüsste doch ganz genau, wie lange ihre Mutter nicht mehr Auto gefahren sei. Tina erwiderte ganz gelassen: „Dann nimm dir doch ein Taxi. Ich bringe sie nicht zurück ins Tierheim, das kannst du nicht von mir verlangen." Die Diskussion endete damit, dass ich bleiben durfte.

An diesem Tag lernte ich Tina wirklich kennen. Ich weiß jetzt auch, sie hätte mich niemals gehen lassen. So sehr sie ihrer Mutter auch verbunden war. Das hätte sie niemals zugelassen. Toll, jetzt gehöre ich so richtig zu ihrem Rudel. Sie war auch schon vom ersten Tag an meine heimliche Rudelführerin.

An der Seite meiner beiden lieben Menschen erlebte ich sehr viele schöne und spannende Geschichten, die ich Ihnen jetzt gerne erzählen möchte. Sie gaben mir die Möglichkeit, mich zu einem selbstbewussten, stolzen, großen, liebevollen und angstfreien Hund zu entwickeln. Durch mein neu gewonnenes Vertrauen konnte ich mein Leben in vollen Zügen genießen und habe aus Übermut sehr viel Schabernack ausgeheckt. Vieles zum Schmunzeln, aber auch einiges zum Nachdenken.

Ich wünsche Ihnen viel Spaß
beim Erleben meiner Geschichte

Dina

Ihr könnt mich doch nicht alleine lassen!!

Es war nichts für mich vorbereitet, als wir zu Hause ankamen. Nichts, aber auch gar nichts ließ darauf schließen, dass meine beiden neuen Frauchen mit meiner Ankunft gerechnet haben. Was sollte mir das jetzt sagen? Tinas Mutter hatte ja nur „Hunde gucken" wollen. Da hatte sie die Rechnung ohne ihre Tochter gemacht. Halsband, Leine und einen Napf haben sie von dem Tierheim geliehen bekommen.

Die ersten Tage vergingen wie im Flug. Ich lernte meine beiden Menschen langsam kennen und gewöhnte mich ein. Tina hatte ihren freien Tag, und die beiden zogen ihre Jacken an und machten sich abfahrbereit.

Was war das? Ich bekam Halsband und Leine an. Durfte ich etwa mit? Und wohin ging es? Ich hörte Tina sagen: „Komm, Dina, jetzt gehen wir für dich schoppen und du darfst natürlich mit." Ich fühlte, dass sie es ernst meinten und es keine Falle war, um mich wieder loszuwerden.

Liebe Hundekumpels, ich muss Euch einmal berichten, dass es kaum eine bessere Erfindung der Menschen gibt als das Auto. Okay, der Herd zum Essen kochen hat auch oberste Priorität, aber es gibt nichts Besseres als einen fahrbaren Untersatz, um schnell von A nach B zu kommen. Ohne, dass wir uns anstrengen müssen. Und was da alles reinpasst!

Autofahren könnte zu meinem liebsten Hobby werden. Also ging es ab in das Hundeparadies zum Schoppen. Ich hätte alles mitnehmen können. Es roch so toll! Und dann erst das Angebot an Knochen, Keksen und Futter, das sich in den Regalen türmte und nur darauf wartete, mitgenommen zu werden. Leinen, Halsbänder, Hundegeschirre und Spielzeug so weit ich sehen konnte.

Sollte ich die beiden vielleicht darauf aufmerksam machen, dass draußen vor der Tür mein Auto steht, in dem noch sehr viel Platz ist. Ich mache mich auch ganz klein und brauche nicht die ganze Rückbank für mich alleine. Macht die Taschen und Tüten voll! Ich muss sehr viel nachholen, und außerdem befinde ich mich noch im Wachstum. Ja, ihr habt richtig gehört. Aus mir wird noch ein richtiger Wonneproppen werden. Da passen viel Futter und noch mehr Kekse rein.

Ich bekam ein tolles Halsband angepasst, aber Tina meinte: „Mama, denk bitte daran, dass Dina noch ein wenig wächst."

Ein wenig ist gut. Frauchen weiß zum Glück nicht, dass ich mich noch in sämtliche Himmelsrichtungen entwickeln werde. Zurzeit bin ich noch sehr dünn, schüchtern und mittelgroß. Das soll sich aber bald ändern.

Wenn Tinas Mutter wüsste, was noch aus mir wird, würde ihr bestimmt Angst und Bange. Sie weiß zwar, dass Wolfshunde nicht gerade klein sind, hatte aber im Gegensatz zu Tina keine Ahnung, was für ein Prachtexemplar ein Riesenschnauzer ist. Und der wird sich mit der Zeit durchsetzen. Tina klärte ihre Mutter über diese Rasse auf und nannte mich liebevoll eine Kreuzung aus Muli, Esel und Ziegenbock. Ich hörte Frauchen nur sagen: „Tina, warum hast du mir das nicht direkt gesagt?" Ihre Antwort lautete nur: „Och guck mal, wie süß sie uns ansieht, sie kann doch kein Wässerchen trüben. Sie ist doch soooo niedlich." Ja niedlich bin ich, aber auch ziemlich ausgekocht und raffiniert. Jeder muss sehen, wo er bleibt. Hund auch!

Ich bekam noch ein „kleines" Körbchen, welches nach Frauchens Aussage viel zu groß für mich war. „Lass Tina mal machen", dachte ich so bei mir.

Es gab Spielzeug, Kauknochen, Leckerchen und so einiges mehr. Ich habe wirklich ein tolles Rudel gefunden, die alles für mich tun, um mich glücklich und zufrieden zu sehen.

Meine beiden Menschen hatten alle Hände voll zu tun, um alles im Auto zu verstauen, und das war wirklich nicht leicht. Ich hatte schließlich ein riesengroßes Körbchen bekommen, welches erst einmal seinen Platz finden musste. Mein Auto war bis unter das Dach voll mit meinen Sachen. Ja, ich hatte endlich eigene Sachen, die ich mit keinem Kumpel teilen musste. Das war ein tolles Gefühl. Als endlich alles seinen Platz gefunden hatte, ging die Fahrt los. Aber was war das? Wir fuhren nicht nach Hause. Wo ging es denn jetzt hin? Mir wurde ziemlich mulmig zumute, als ich die Gegend erkannte. Was soll das, und was wollen meine beiden Menschen hier? Vor allen Dingen, was habe ich hier verloren? Waren die ganzen tollen Sachen nur, damit ich mich im Tierheim etwas wohler fühle? Ne, Leute, das könnt ihr vergessen, da mache ich nicht mit. Da habt ihr die Rechnung ohne den Wirt gemacht. Was immer das auch heißen mag. Tina parkte mein Auto wirklich vor dem Tierheim. Oh nein, ich steige bestimmt nicht aus. Das könnt ihr vergessen!! Ihr müsst mich schon mit der kompletten Sitzbank rausholen. Never ever.

Aber Tina machte überhaupt keine Anstalten auszusteigen. Ich hörte nur: „Kind, ich bin gleich wieder da. Ich bringe nur Dinas geliehene Sachen zurück. Die braucht sie ja jetzt nicht mehr. Wir haben ihr ja eigene und tolle Sachen gekauft." Boa, Leute, müsst ihr mich so erschrecken. Denkt an meine Nerven. Es war ein tolles Gefühl, von Tina den Satz zu hören: „Ja, Dina, jetzt gehörst du ganz zu uns." Wir fuhren nach Hause und richteten erst einmal mein Haus ein. Okay, Menschen haben da so ihre eigene Vorstellung. Aber umräumen kann ich ja immer noch.

Frauchen hat mir mein Bett gemacht und war immer noch der Meinung: „Tina, der Korb ist viel zu groß." Dann kommen für den Anfang eben mehr Decken hinein. Gesagt, getan. Frauchen drapierte mit sehr viel Hingabe die Decken in das „Körbchen." Als sie fertig war, stand sie vor dem Korb und bewunderte stolz ihr Werk. „So, Dina, dein Bett ist fertig, jetzt kannst du es dir bequem machen." Au fein. Ich sprang mit einem Satz hinein und wühlte erst einmal alle Decken durcheinander. Das macht richtig Spaß. Sehr zum Leidwesen meines Frauchens. Sie hat halt ein anderes Verständnis, was Ordnung betrifft. Es war ein sehr ereignisreicher Tag, und ich kuschelte mich wohlig in mein gemütliches Körbchen. Ich habe heute viele tolle Sachen bekommen und ganz für mich alleine.

Jetzt bin ich zu Hause angekommen. Das Essen wird regelmäßig und pünktlich serviert, es geht immer um die gleiche Zeit Gassi. Zur Unterhaltung gibt es Spielstunden und mein Schläfchen kommt auch nicht zu kurz. Ich habe ein richtig tolles Leben. Mit der Zeit wird auch meine Vergangenheit verblassen und die Wunden werden heilen.

Das Beste ist allerdings, wenn Tina uns besuchen kommt. Sie arbeitet den ganzen Tag und kommt dann abends vorbei. Dann geht es über Tische, Bänke und Stühle. Sehr zum Leidwesen ihrer Mutter. Ihr kann man so toll Streiche spielen. Wenn Tina anfängt zu lachen, ist die Welt für mich in Ordnung.

Einen Tag in der Woche hat sie frei, und wir unternehmen immer was Tolles. Zu meinem Programm gehört auch ein Gesundheitscheck. Bei meinem allerersten Besuch stellte sich heraus, dass mit meiner Hüftstellung etwas nicht stimmte. Wir sollten einen Spezialisten aufsuchen. Gesagt, getan, fuhren wir zu einem anderen Tierarzt. Die Fahrt dauerte einige Zeit, und ich machte es mir auf der Rückbank bequem. Ich habe extra ein Geschirr bekommen, welches mich im Auto sichert. So konnte ich beruhigt meine Augen schließen und die Fahrt genießen.

Ich ging mit Vorsicht und einem unguten Gefühl in die Praxis. Als es so weit war, wurde ich auf den Tisch gehoben, und meine Hüfte wurde begutachtet. Ich spürte, dass sich Tinas Energie veränderte und sie mich besorgt ansah. Langsam machte ich mir meine Gedanken. Was war los? Ich hörte den Arzt nur sagen: „Machen Sie bitte vorne an dem Empfang einen OP-Termin. Wir sehen uns dann wieder."

Dieser Tag kam schneller, als mir lieb war. Da ich nicht wusste, was mir bevorstand, fiel ich aus allen Wolken und wurde sehr nervös, als ich Frauchens und Tinas Energie wahrnahm. Sie waren alle beide sehr angespannt, nervös und sahen mich mit traurigen Augen an. Ich bekam eine Spritze, und ohne Vorwarnung sackte mein Körper in sich zusammen. Ich hatte keine Gewalt mehr darüber und wusste nicht, was passierte. Schließlich schlief ich ein und bekam nichts mehr mit.

Irgendwann kam ich wieder so langsam zu mir. Aber was war das? Wo waren meine Leute?

Ich konnte noch nicht klar denken, merkte aber sehr schnell, dass etwas nicht stimmte. Ich lag in einem Zwinger mit gekachelten Wänden und ganz dicken Eisengittern. Das war ja schlimmer als im Tierheim! Und dann erst der Geruch. Es war gruselig.

Mein Frauchen und Tina, an der ich doch so hänge, haben mich im Stich gelassen. Ich bin wieder alleine.

Für kurze Zeit hatte ich das Paradies auf Erden. Ein richtig tolles Leben.

Aber was passierte jetzt mit mir? Ich war zu müde, um mir weiter Gedanken darüber zu machen. Ich war soooooo alleine. Tina wo bist du? Warum willst du mich nicht mehr? Ich verstehe das alles nicht. Warum hat mir keiner gesagt, was mich erwartet? Ihr hättet mich doch darauf vorbereiten müssen. Es ist so wichtig für uns, dass wir wissen, was mit uns passiert! So könnten wir ganz anders mit solchen Situationen umgehen.

Ich gab auf. Wollte in dem Zustand, der meine Sinne noch benebelte, für immer bleiben. Sie war wohl jetzt für immer vorbei, die schöne, aber viel zu kurze Zeit mit meinen geliebten Menschen. Schade, es war eine tolle Zeit. Einige wenige Wochen meines viel zu kurzen Lebens war ich wirklich glücklich gewesen. Habt Dank dafür, meine beiden lieben Menschen, die ich doch so sehr in mein Herz geschlossen habe. Lebt wohl!! Ich gab auf und wollte für immer einschlafen.

Plötzlich drang leises Gemurmel an meine Ohren. Ich reagierte überhaupt nicht darauf. Dann hörte ich die Arzthelferin sagen: „Ihr Hund ist total apathisch und will nicht mehr wach werden." Die nächste Stimme, die ich hörte, wollte, dass mein Zwinger geöffnet wurde. „Nein, das geht nicht. Dem Hund geht es nicht gut, er braucht seine Ruhe."

Was dann kam, drang mir bis in die letzten Gehirnwindungen. Die Stimme, die da herumbrüllte und die Praxis auseinandernehmen wollte, kannte ich doch. Tina, bist du es wirklich? Hast du mich nicht verlassen und abgeschoben? Ich konnte mein Glück nicht fassen. Sie war es wirklich. Es ging ein Zucken durch meinen Körper. War sie in Gefahr? Ich kenne sie noch nicht lange, aber so, wie es sich anhörte, war höchste Eile geboten und ich musste ihr helfen. Also rappelte ich mich auf und torkelte zur Tür meines Zwingers, um die Situation überblicken zu können. Tina rastete total aus und wollte zu mir. Eine heiße Diskussion entfachte, und ich sah keine Möglichkeit, ihr zu Hilfe zu kommen. Ich war ja eingesperrt. Ich sprang die Gitterstäbe hoch und achtete nicht auf meine frisch operierten Hüften. Die Arzthelferin bekam Panik, als sie sah, was ich da veranstaltete. Sie schloss unter Widerspruch die Tür auf, und Tina kam auf mich zugeflogen und umarmte mich. Mein Leben war wieder in Ordnung.

Tina, tu das nie wieder!! Ihr könnt mich doch nicht alleine lassen!

Ich konnte mich nicht auf den Beinen halten und hatte keine Orientierung wegen der Narkose, die immer noch Wirkung zeigte. Ich hörte Frauchen sagen: „Wie bekommen wir den Hund jetzt ins Auto?"

Kein Problem, Frauchen, ihr müsst mir nur die Tür aufmachen.

Ich torkelte an Frauchen vorbei und kletterte trotz Operation mit einiger Anstrengung ins Auto. Tina unterstützte mich und mit ihrer Hilfe schaffte ich es hoch auf die Rückbank. Ich wollte nur in mein Auto. Weg von diesem gruseligen Ort, wo es nach Angst und Panik roch. Von der Energie, die hier herrschte, ganz zu schweigen. Puh, was für ein anstrengender Tag. Das reicht jetzt erst einmal für sehr lange Zeit.

Auf der Fahrt nach Hause schlief ich mit dem Gefühl ein, ein Rudel gefunden zu haben, wo jeder für jeden einsteht. Dort bin ich zu Hause und werde beschützt. Zu Hause angekommen wurde ich von meinen beiden Frauen kurz geweckt und ins Haus getragen. In meinem gemütlichen Körbchen schlief ich dann zufrieden und glücklich ein. Tina und ihre Mutter erholten sich erst einmal von ihrem Schreck und dem Gefühl, mich beinahe verloren zu haben.

Tina hatte wie eine Löwin für mich gekämpft. Sie hat sogar ihre Mutter in Staunen versetzt, obwohl diese ihre Tochter schon lange kennt. Es hat wohl noch nie eine Situation gegeben, die Tina so in Rage gebracht hat. Sie steht wirklich für Frauchen und mich ein. Sie blieb den ganzen Abend bei uns, um zu sehen, wie es mir ging. So langsam aber sicher hatte ich ausgeschlafen, und Tina kam, um mich zu knuddeln. Sie war total erleichtert, als sie sah, dass es mir besser ging.

Ich brauchte noch ein paar Tage, um mich von der Operation ganz zu erholen, aber es war alles gut verlaufen und die Aktion im Zwinger hatte keine gesundheitlichen Folgen für mich. Die dann folgende Nachuntersuchung war nur Routine, und wir konnten schnell wieder nach Hause.

Das hört sich sooooo toll an. „Nach Hause". Lasst euch das einmal auf der Zunge zergehen. Ja, für einen Hund, der die meiste Zeit seines jungen Lebens auf der Straße verbringen musste, ist das Musik in seinen Ohren. Endlich habe ich die Möglichkeit, in einer geschützten Umgebung meine volle Persönlichkeit zu entwickeln. Mit Tina habe ich eine Kämpferin an meiner Seite, die mich beschützt, bis ich alle Ängste und Zweifel überwunden habe. Dann ist es an mir, diese Position zu übernehmen. Ich werde dann die Rolle der Beschützerin übernehmen. Zusammen bilden wir ein super Team, wo jeder jeden unterstützt. Der Zusammenhalt im Rudel ist wichtig. Nur zusammen sind wir stark und können viel erreichen.

Ich habe heute wieder sehr viel gelernt und weiß jetzt, was es heißt: Jeder steht für jeden ein.

Wir sind jetzt alle drei erleichtert, dass alles so glimpflich ausgegangen ist. Jetzt habe ich mir wirklich eine Wurst verdient. Zur Feier des Tages gab es etwas Leckeres für meinen Gaumen. Bin halt ein Feinschmecker.

Ausgebüxt

Es ist ein wunderschöner, warmer und sonniger Tag. Mein Frauchen machte sich startklar. Was mir sagen soll: „Dina, jetzt geht es Gassi". Ich wartete schon sehr ungeduldig an der Tür. „Dina warte, du bist noch nicht fertig." Oh, Frauchen, und wie ich fertig bin! Nun beeil dich doch ein bisschen. Ich will auf die Straße, endlich schnüffeln gehen. Die anderen Kumpels sind bestimmt schon draußen.

Aber nein, daraus wurde nichts. Erst einmal mein Halsband suchen und dann noch die Leine holen. Okay, irgendwann war es dann so weit, und es ging ab ins Grüne. Die Strecke kannte ich schon.

Aber was war das? Wir blieben vor einem großen Tor stehen, und ich sollte mich hinsetzen. Frauchen suchte in ihren Taschen nach ... ja, wonach suchte sie überhaupt? Nach kurzer Zeit holte sie einen Schlüssel aus ihrer Tasche. Oh, jetzt sag bloß, Frauchen geht da mit mir rein?

Die ganze Aktion bekam ich nur am Rande mit. Das Einzige, was wirklich meinen Spürsinn und mein Interesse weckte, war der Geruch von Wasser. Wasser? Ich konnte nicht mehr sitzen bleiben. Mensch, beeil dich doch endlich! Ich will da hinein!

Nach gefühlten zehn Minuten war es dann endlich so weit. Sie öffnete das Tor. Ich dachte, ich traue meinen Augen nicht. Mein Frauchen hat wirklich einen Schlüssel zu diesem Paradies? Sie tut wirklich alles Erdenkliche für mich, damit ich mich wohlfühle und meine Vergangenheit vergesse. Sie führte mich hindurch, löste meine Leine, und das Kommando „Sitz!" erklang. Ich sollte mich wieder hinsetzen? Meine Sinne waren benebelt und beschäftigten sich nur mit „Wasser".

Ich will Ihnen noch erklären, was meine Reaktion auslöst. Ich bin eine absolute Wasserratte, und für mich gibt es kein Halten mehr, wenn sich auch nur eine Pfütze in meiner Nähe befindet.

Ich vergaß meine ganze Angst und Unsicherheit für kurze Zeit und peste in halsbrecherischem Tempo dem Wasser entgegen. Frauchens entsetzten Ausruf: „Dina langsam", bekam ich überhaupt nicht mit. Vielleicht habe ich ihn auch „unabsichtlich" überhört.

Wow, was war das? Ich hielt kurz inne und genoss den Anblick. Unter mir lag ein großer See, und außer uns war keiner auf dem Gelände. Die Luft war rein, wie die Menschen immer zu sagen pflegen. Ich raste weiter und sprang mit einem großen Satz von oben mit einer Wasserverdrängung, um die mich jeder Mensch beneidet hätte, in den See.

Die Wellen, die ich verursachte, waren nicht zu verachten und die Fische sprangen vor Freude aus dem Wasser. Vielleicht wollten sie auch nur sehen, wer dieser Störenfried ist. Ich tobte ausgelassen herum und genoss meine neue Freiheit. So ganz ohne Leine war es doch so richtig toll.

Alles um mich herum war vergessen. Ich konnte endlich meine verlorene Welpenzeit nachholen und ausgelassen herumtoben. Ohne mir Gedanken um die Sicherheit und das Überleben meines Rudels zu machen. Ohne darüber nachzudenken, wann und wo ich unsere nächste Mahlzeit herbekomme.

Ich hatte ein neues Rudel. Tina und mein Frauchen waren jetzt mein Rudel, und ich lernte, ihnen zu vertrauen. Ich legte die Verantwortung für meine Sicherheit in ihre Hände. Sie wissen, was gut für mich ist, und sie bieten mir Schutz und immer eine tolle Mahlzeit. Von den Naschereien und dem Spielzeug, womit mich Tina versorgt, ganz zu schweigen. Obwohl sie mich noch nicht lange kennt, vertraut sie mir vorbehaltlos. Ihre Zuneigung und die positive Energie, die ich von ihr bekomme, lassen mich meine Vergangenheit, wenn auch sehr langsam, vergessen.

Aber ich schweife schon wieder ab.

Der See lag in einem Kessel und war rundherum mit Büschen und Bäumen bewachsen. Wildnis pur und eingezäunt, sodass mein Frauchen mich in Sicherheit wähnte. Sie ließ mich die Gegend erkunden, und ich genoss meine Freiheit. Es konnte ja nichts passieren, dachten mein Mensch und ich jedenfalls. Ich stromerte gedankenverloren durch das unwegsame Dickicht.

Ab und zu schneiden Jungs ein Loch in den Zaun, um so unbemerkt das Gelände betreten und angeln zu können. Meine Aufgabe war es jetzt, das Gelände zu erforschen und unliebsame Besucher durch meine Anwesenheit fernzuhalten. Frauchen bekam den Schlüssel, um öfter nach dem Rechten zu sehen. Für mich war es ein sehr großes Geschenk. Aber ich schweife schon wieder ab.

Ein Loch im Zaun erregte meine volle Aufmerksamkeit. Was war das, und was befand sich hinter diesem Zaun? Meine Neugierde war geweckt, und so beschloss ich, nachzusehen, was sich auf der anderen Seite befand. Ich quetschte mich also durch die viel zu enge Öffnung. Auf der anderen Seite führte ein Weg an einem Fluss entlang. Es roch sooooo gut nach den Spuren anderer Fellnasen, und ich wurde total abgelenkt.

Nach kurzer Zeit hörte ich mein Frauchen nach mir rufen. Ich hatte die Orientierung verloren und konnte das Loch im Zaun nicht mehr finden. Mein Frauchen rief jetzt immer lauter nach mir. Panik ergriff mich, und ich versuchte, von außen den See zu umrunden.

Es hatte keinen Sinn, da gab es kein Durchkommen. Was sollte ich nun tun und wie sollte ich wieder zu meinem Menschen finden? Ich irrte kopflos umher und meine Vergangenheit, die ich für kurze Zeit verdrängt hatte, meldete sich wieder. Mein Instinkt, der mir in meiner Vergangenheit mein Überleben auf der Straße gesichert hatte, schaltete sich wieder ein.

Stopp!! Erst einmal stehen bleiben und denken. Ich kenne die Strecke, denn hier war ich auch schon mit meinem Frauchen spazieren. Ich lief also in die entgegengesetzte Richtung und nahm die nächste Abzweigung, die sich mir zeigte. „Puh" ... Das war schon einmal geschafft. Das war der Weg, der zum See führte. Hier war ich richtig.

Aber was war das? Als ich an dem See ankam, gab es keine Spur mehr von Frauchen. Wo war sie und was habe ich getan? Wie konnte ich so gedankenverloren sein und weglaufen? Ich will nur noch nach Hause. Zu Tina und meinem Frauchen. War das jetzt das Ende von meinem schönen neuen Leben? Es konnte doch nicht so enden. Ist hier denn keiner, der mir hilft?

Ich lief in die Richtung, aus der ich mit meinem Frauchen gekommen war. Vielleicht ist sie zu Hause und wartet auf mich. Als ich an einem Grundstück vorbeikam, stand das Tor offen. Ich wollte nur sehen, ob hier nette Menschen wohnen, die mich wieder zu meinem Frauchen bringen können.

Was war das? Ich sah einen kleinen Teich, setzte mich hinein und wartete. Dass sich in dem Teich auch andere Mitbewohner befanden, störte mich herzlich wenig. Hier fühlte ich mich sicher. Die Besitzer des Teiches fanden das aber nicht so cool und angelten mich aus dem Wasser.

Es war ein Mann. Aber so etwas habe ich noch nicht erlebt. Er sprach ganz leise und ruhig auf mich ein. „Bist wohl ausgebüxt und hast dich jetzt verlaufen. Ich glaube, ich weiß, wo du wohnst. Komm mit, ich bringe dich nach Hause."

Ich vertraute ihm, denn er roch nach Hund und die Energie, die er ausstrahlte, war sehr positiv. Er holte eine Leine, und wir gingen den Weg, den ich gekommen war, weiter. Also hatte meine Nase mich nicht im Stich gelassen.

Wir waren gerade ein paar Minuten unterwegs, da hörte ich eine mir wohlbekannte Stimme nach mir rufen.

Ja, das war Tina! Frauchen hatte sie wohl von zu Hause aus über das Telefon über mein Verschwinden in Kenntnis gesetzt. Diese Stimme erkenne ich aus Tausenden heraus. Ich freute mich wie Bolle. Meine Menschen vermissten mich und suchten nach mir. Ich war ihnen nicht egal.

Tina rief wieder nach mir, und ich reagierte sehr aufgeregt und zerrte an der Leine. Der Mensch am anderen Ende der Leine lachte nur und sagte: „Langsam, meine Süße, das ist wohl dein Frauchen."

Ja, das ist wahr. Sie ist es wirklich.

Er ließ die Leine los. Ich rannte mit wehenden Ohren und schmiss mich überglücklich in Tinas Arme.

Was dann kam, habe ich nicht erwartet. Es ergoss sich eine Schimpftirade über mir: „Was fällt dir eigentlich ein, wegzulaufen. Weißt du überhaupt, wie gefährlich das ist? Auf der einen Seite des Sees ist ein stark befahrener Fluss, auf der anderen Seite eine Zugstrecke und direkt dahinter eine Schnellstraße. Tu das nie wieder, oder ich vergesse mich." Sie schimpfte und drohte mir mit ihrem Finger.

Meine lieben Hundekumpels, wenn Ihr einmal etwas ausgefressen oder angestellt habt, merkt Euch eins: Ohren hängen lassen, den Körper ins sich zusammensinken lassen und den traurigsten Dackelblick, den Ihr besitzt, aufsetzen. Um dem Ganzen noch etwas Theatralik zu verleihen, legt Ihr Euren Kopf schief.

Das, meine Lieben, wirkt Wunder.

Der Mann, der mich gefunden hatte, hatte sofort Mitleid mit mir, und er lachte sich über mein gutes schauspielerisches Talent, das ich an den Tag legte, kaputt. Er wollte wissen, warum Tina so mit mir schimpfe. Sie erklärte ihm, dass ich noch nicht so lange bei ihnen wohne und ich mich noch nicht in der Gegend auskenne.

Dann war ich wieder an der Reihe. Ob ich mir überhaupt darüber im Klaren sei, wie viele Sorgen und Ängste Tina durch mein unerlaubtes Verschwinden ausgestanden habe. Ihr liefen vor lauter Erleichterung und Freude, mich wieder in ihre Arme schließen zu können, die Tränen über die Wangen.

Jetzt hatte ich wirklich ein schlechtes Gewissen, denn ich spürte ihre Anspannung, die sich angesammelt hatte und sich nun durch ihre Tränen löste. Der Mann versuchte, sie zu beruhigen und gab ihr meine Leine. Diese könne sie ihm ja später zurückgeben. Tina brachte mich nach Hause, mit den mahnenden Worten: „Dina, tu das bitte nie wieder. Ich könnte es nicht ertragen, wenn dir etwas passiert."

Ich bin auch nie wieder ausgebüxt. Das war mir eine Lehre.

Als wir zu Hause angekommen waren, wollte ich freudig mein Frauchen begrüßen. Aber sie war nicht da. Tina löste die Leine und meinte: „Jetzt muss ich erst einmal Frauchen einsammeln, wer weiß, wo die steckt." Au ja, Frauchen suchen, da mache ich mit. Aber Tina ging alleine weg. Ich blieb also zu Hause und sollte mir wohl Gedanken darüber machen, was ich angestellt hatte. Strafe muss sein. Ich sehe das allerdings etwas anders.

Mit meiner guten Fellnase würde Tina ihre Mutter bestimmt schneller finden. Wie ich später erfahren habe, hat Tina ihre Mutter auf der Rückseite des Sees gefunden. Sie setzten sich auf eine Bank am Fluss, und Tina erzählte ihr die ganze Geschichte. Auf einmal kam ein großer Hund auf sie zu und schnüffelte an der Leine. „Das ist wohl deine", meinte Tina, als kurze Zeit später der Halter des Hundes in Sichtweite kam. Tina stellte ihn ihrer Mutter vor und diese bedankte sich auch noch vielmals bei ihm, dass er „unseren Hund" zurückgebracht hat.

Er erzählte Frauchen, dass Tina ordentlich mit mir geschimpft hatte, aus Sorge um mich. „Sie haben sie doch nicht bestraft?", wollte er wissen. „Nein, dass sie jetzt alleine zu Hause sitzen muss, während wir zusammen unterwegs sind, ist Strafe genug. Sie hat schon genug Schläge und Prügel in ihrem so jungen Leben bekommen. Es liegt jetzt an uns, aus Dina einen Hund zu machen, der lernt, ohne Gewalt,

Bedrohung und lautem Gebrüll auf uns zu hören. Mit viel Geduld, Einfühlungsvermögen, Vertrauen, Liebe und Zeit wird aus ihr ein treuer Begleiter werden, auf den wir uns jederzeit verlassen können."

Als meine beiden Menschen wieder nach Hause kamen, war die Welt für mich wieder in Ordnung. Es gab ein Gruppenkuscheln, und meine Freude war sehr groß, als wir alle wieder zusammen waren. Tina und ihre Mutter waren sehr erleichtert, dass es so glimpflich ausgegangen war, wie die Menschen immer sagen.

Es war ein sehr aufregender und anstrengender Tag für mich gewesen. Mir ist heute bewusst geworden, dass es auch Männer gibt, denen ich vertrauen kann, und dass es Menschen gibt, die, obwohl sie mich nicht kennen, bereit sind, mir zu helfen. Es war eine ganz neue Erfahrung für mich. Wir Tiere sollten uns immer auf unseren Instinkt verlassen und in die Energie spüren, die von den Menschen ausgeht. Dann sind wir auf der sicheren Seite. Viele Menschen haben verlernt, auf ihr Gefühl zu hören, aber wir können es sie wieder lehren. Unseren Frauchen und Herrchen zeigen, dass wir sie brauchen, wir ihnen aber auch helfen können. Auf eine uns ganz eigene Weise. Lernt, uns zu verstehen, so, wie wir Euch verstehen. Das erleichtert vieles und es entsteht eine Energie, die uns noch enger miteinander verbindet. Das ist mein Wunsch an alle Menschen da draußen!

Die nächste Fahrt geht rückwärts

Mein Instinkt und mein Zeitgefühl sagten mir, dass heute wieder Mittwoch war. Das bedeutete, Tina hatte frei und wir stellen wieder etwas Tolles an. Ob es dieses Mal, wie so oft, auf Frauchens Kosten gehen wird, werden Sie noch erfahren.

Es klingelte an der Tür, und Tina kam uns abholen. „Na, seid ihr fertig?", wollte sie wissen. Sie sprach in der Mehrzahl. Jipeeeeeeh das bedeutete, ich darf mit. Schleunigst suchte ich meine Sachen zusammen. Wo war nur wieder dieses Halsband? Immer muss ich meine Sachen suchen. Vor lauter Aufregung hatte ich ganz vergessen, dass ich es schon trug. Okay, jetzt fehlt nur noch die Leine. Aber was war das? Ich bekam mein Geschirr an. Supiii, noch besser! Das heißt, wir fahren gleich mit dem Auto spazieren. Am Anfang hatten Tina und Fraucher auch einige Schwierigkeiten gehabt, mich in dieses Geschirr zu bekommen. Auf einmal hatte ich zu viele Beine, die nicht wussten, wo sich ihr Platz befand. Tina brachte mir dann bei, welche Pfote wo hinein musste. Wenn ich will, aber auch nur dann, kann ich ganz schnell lernen. Tina hat so eine Art an sich, dass ich alles mache, was sie möchte. Sie kann mich durch ihre Energie und ihre ruhige Stimme um den Finger wickeln.

Aber, liebe Hundekumpels, lasst es Euch gesagt sein, das klappt bei den Menschen genau so gut, wenn nicht noch besser. Nur mit dem Unterschied: Sie merken es noch nicht einmal. Probiert es einmal aus. Es ist einfach nur genial und macht auch richtig Spaß, unsere Menschen zu trainieren.

Als wir uns nach einiger Zeit sortiert hatten, ging die Fahrt los. Ich hörte Tina sagen: „Jetzt geht es ab ins Grüne, dann kann Dina schnüffeln, bis der Arzt kommt." Wieder ein Sprichwort der Menschen, welches ich nicht verstehe. Warum soll der Arzt kommen? Na ja, ist ja auch vollkommen egal. Ich bin gesund und brauche keinen Arzt.

Nach einer kurzen Autofahrt waren wir im Wald. Wow, welche Gerüche begrüßten mich da. Es duftete so herrlich nach Tannen, Moos, wilden Tieren und sogar nach anderen Hundekumpels. Für einen guten Fährtensucher, wie ich einer bin, ist das ein richtiges Paradies. Ich nahm sofort Witterung auf. Tina hatte eine ganz lange Leine mitgenommen, und so konnte ich nach Herzenslust mit der Spurensuche fortfahren. Ich entdeckte einen Kaninchenbau, der sehr schnell mein Interesse weckte. Ich hörte Tina sofort rufen: „Dina, komm da weg, du bist kein Dackel und würdest bei deiner Größe nur stecken bleiben."

Okay, es war einen Versuch wert. Als Nächstes erschnüffelte ich eine ziemlich penetrant riechende Spur. Dieser Geruch stach mir ziemlich scharf in meine Nase. Es war eine mir unbekannte Spezies. Wem mag sie wohl gehören?

Dieser Spaziergang beschäftigte meine ganzen Sinne und besonders mein Spürsinn war gefordert. Es war anstrengend aber toll. Es stürmten so viele neue Eindrücke auf mich ein. Jetzt konnte ich endlich Hund sein. Jetzt konnte ich frei leben. Die Leine stellte nur die Verbindung zu meinen Menschen her und beschützte mich vor Jägern.

Wir waren schon eine Weile unterwegs. Tina tobte ausgelassen mit mir herum, als ich ein Geräusch hörte, welches ich nicht zuordnen konnte.

Da. Da war es wieder. Was war das nur? Wo kam dieses Geräusch nur her und wer verursachte es? Frauchen fing auf einmal laut an zu lachen, und das Geräusch wiederholte sich. Sie meinte nur zu Tina: „Ich glaube, es ist Zeit etwas zu essen. Du erschreckst mit deinem knurrenden Magen noch sämtliche Waldbewohner." Oh ja, essen. Eine gute Idee! Mir knurrte ebenfalls schon der Magen. Ich war so abgelenkt gewesen, dass ich mein Hungergefühl ganz außer acht gelassen hatte.

Eine Wurst könnte ich jetzt auch vertragen. Die habe ich mir schließlich verdient. Die Schnüffelei war schließlich ganz schön anstrengend. Meine beiden Menschen überlegten noch, wo es in der Nähe etwas Leckeres gab. Tina brauchte nicht lange zu überlegen. Sie weiß, wo es was Gutes gibt und vor allen Dingen, wo ich mit hinein darf.

Es war ein Imbiss, wo meine Menschen ab und zu essen gingen. Die haben eine Terrasse und da ist auch Platz für mich. Es war ziemlich voll und es waren fast alle Plätze besetzt. Wir fanden in einer Ecke einen freien Tisch, wo ich mich ausstrecken konnte und nicht im Weg lag. Die Frau, die die Bestellung aufnahm, brachte mir eine große Schüssel mit Wasser. Das ist jetzt genau das Richtige für mich. Jetzt nur noch eine Wurst, und die Welt ist in Ordnung. Meine Menschen bestellten sich etwas zu essen. Mir lief das Wasser in meiner Schnauze zusammen. Es duftete von allen Seiten so richtig herrlich. Jeder hatte etwas anderes auf seinem Teller. Ob ich überall einmal probieren darf? Da hätte bestimmt keiner etwas dagegen. Aber Frauchens Blick, den ich natürlich nur durch Zufall bemerkte, erstickte meine super Idee im Keim.

Das Essen kam, und ich setzte mich hin, um zu sehen, was die beiden Leckeres bestellt hatten. Es duftete köstlich. Ich habe durch meine Größe bedingt den totalen Überblick darüber, was sich auf dem Tisch abspielt. Aber was war das? Da befand sich doch eine Wurst auf einem Papierteller. Tina schnitt die Wurst in kleine Stücke und mit den mahnenden Worten: „Dina, die ist noch heiß, du musst aufpassen", stellte sie den Teller vor meiner Nase ab. Ich brauchte keine Sondereinladung. Die Warnung vor der heißen Wurst schlug ich in den Wind. Diese Wurst ist meine. Und ich inhalierte sie mit großem Appetit.

Tina und Frauchen aßen mit Genuss ihre Schnitzel. Da ich wusste, dass ich davon nichts bekam, schaute ich mich nach etwas Ablenkung um. Die Terrasse war mit einigen Tischen und Stühlen ausgestattet, wovon die meisten, wie gesagt, besetzt waren. Am Ende führten drei kleine Stufen nach unten auf den Parkplatz. Mein Frauchen hatte meine Leine um ein Bein des Stuhls gebunden, auf dem sie saß.

Am Ende der Terrasse stolzierte ein Kumpel vorbei und neckte mich. Au ja fein, nach Spielen ist mir jetzt zumute. Dieser kleine Fiffi strapazierte meine Nerven bis zum Anschlag. Ich hatte ja gerade gegessen und dann durfte ich nicht toben. Och, es war ja nur eine Wurst. Ich lag noch unter dem Tisch und überlegte, was ich nun tun soll, da kam er schon wieder vorbei. Er stolzierte hoch erhobenen Hauptes und ohne Leine auf dem Parkplatz hin und her. Als ich nicht reagierte, ich überlegte ja schließlich immer noch, was zu tun sei, fing er an zu bellen und verhöhnte mich. „Na, mein Kleiner, musst du brav bei Frauchen bleiben, damit du eine Wurst bekommst, oh wie süß?" Jetzt reicht's. Wie kommt so eine kleine Taschenratte dazu, mich so zu beleidigen? Na warte, dir werde ich's zeigen. Ich lasse mich von so einem kleinen Flohpinsel nicht ungestraft reizen. Also rannte ich, was das Zeug hielt und wie ein wild gewordener Handfeger über die Terrasse.

Meine Pfoten drehten durch, aber ich achtete nicht darauf. Dass mein Frauchen mitsamt ihrem Stuhl am anderen Ende der Leine hing, störte mich herzlich wenig. Ich war so damit beschäftigt, dem kleinen Vierbeiner zu zeigen, wer hier das Sagen hat, dass ich überhaupt nicht bemerkte, was sich hinter meinem Rücken abspielte. Noch ein paar Meter. Die

Treppe näherte sich mir in rasender Geschwindigkeit. Gleich habe ich ihn. Drei, zwei, eins, meins.

Aber was war das? Ich hörte einen hellen Schrei und es folgte: „Tina, so hilf mir doch bitte! Du musst mich retten." Das war die Stimme meines Frauchens. Aber warum und vor allen Dingen wovor, sollte Tina sie retten? Ich drehte mich kurz um und konnte nicht glauben, was ich da zu sehen bekam.

Mein Frauchen hatte sich krampfhaft an die Lehnen ihres Stuhles geklammert. Sie lieferte sich mit mir eine wilde Verfolgungsjagd. Zu allem Überfluss hatte sich ihr Stuhl gedreht und sie rutschte rückwärts hinter mir her. Aber warum nur? Warum um Himmelswillen mischt Frauchen sich da ein, und warum isst sie denn nicht weiter? Ihr Essen wird doch kalt! Ich wollte dem kleinen Hund doch nur zeigen, wer hier das Sagen hat.

Es war nur ein kurzer Augenblick der Überlegung und ich fegte weiter über die Terrasse der Treppe entgegen. Ein junger Mann, der die brenzlige Situation sofort erkannt hatte, sprang auf, um meinem Frauchen zur Hilfe zu eilen. Er bekam mein Halsband zu fassen und brachte mich dazu, stehen zu bleiben.

So war Frauchen gerettet. Sie war „ feddisch" mit der Welt. Puh, das war knapp! Das hätte wirklich sehr unsanft für meinen Menschen enden können. Aber warum die ganze Aufregung? Is ja nix passiert.

Dann, was war das? Ich hörte ein mir noch unbekanntes Geräusch hinter meinem Rücken. Ich drehte mich um, damit ich den Verursacher ermitteln konnte.

Ich sah Tina. Aber was war mit ihr los? Sie hatte eine nicht gerade gesunde Gesichtsfarbe. Sie lag mehr im Stuhl, als dass sie darauf saß, war total verkrampft und hielt sich ihren Bauch. Meine einzigen Gedanken waren: „Frauchen, so tu doch endlich was. Tina geht es offensichtlich nicht so gut." Aber Tinas Mutter machte keine Anstalten, ihr zu helfen. Tina brüllte immer weiter und war nicht zu beruhigen. Sie hatte einen Lachkrampf, der nicht aufhören wollte. Irgendwann, als sie wieder etwas Luft bekam, zeigte sie auf ihre Mutter und brüllte erneut. Frauchen spielte die Entsetzte und meinte zu ihr: „Du bist mir ja eine große Hilfe, und so etwas ist meine Tochter." Aus Tina kam nur ein gequetschtes „Wie sollte ich dir denn helfen? Wenn du gesehen hättest wie komisch das aussah. Es war zum Brüllen." Ihr Lachanfall begann von vorne. Alle Gäste, die die Situation mitbekommen hatten, lachten mit. Tinas Lache ist einfach nur ansteckend. Nach einiger Zeit hatten sich alle wieder beruhigt. Tina und ihre Mutter konnten jetzt endlich weiter essen.

Ich legte mich total geschafft unter den Tisch. Ich weiß überhaupt nicht, warum die ganze Aufregung. Tina lachte immer wieder, sobald sie ihre Mutter auch nur ansah. Wir machten uns noch eine gemütliche Zeit auf der Terrasse, und Frauchen bestellte sich auf den Schreck noch einen Kaffee. Es war wieder ein aufregender Tag für mich, und ich habe wieder so viel erlebt. Es ist einfach toll, was meine Menschen sich einfallen lassen, um mich zu bespaßen.

Nach einiger Zeit, als meine beiden Menschen ihr Essen vertilgt hatten und wieder Ruhe eingekehrt war, machten wir uns auf den Nachhauseweg. Dort angekommen legte ich mich in mein Körbchen, um von den ganzen Abenteuern, die ich heute wieder erleben durfte, zu träumen. Wir waren im Wald und ich konnte meiner Aufgabe als Fährtensucher nachgehen. Dann waren da noch die ganzen Gerüche, die mir noch fremd sind, vom Wild und nicht zu vergessen von der Wurst natürlich. Das Wichtigste überhaupt. Ach ja, da war ja noch die wilde Verfolgungsjagd von meinem Frauchen. Hätte ich ihr überhaupt nicht zugetraut.

Es ist toll, was ich von meinen Menschen so alles geboten bekomme. Mit dem Gefühl, in Sicherheit zu sein und ein tolles Zuhause zu haben, schlief ich ein.

Auf der Flucht

Frauchen zog mich reisefertig an. Das heißt, Halsband und Leine durften nicht fehlen. Ich war schon total aufgeregt, denn es wird kein normaler Spaziergang, wie meistens, wenn Tina nicht bei uns ist. Es fühlte sich anders an.

Ich spüre Tinas Energie, obwohl sie nicht bei mir ist. Jipiiih, das kann nur bedeuten, sie wartet draußen auf mich und will mich überraschen. Also tue ich ihr den Gefallen und spiele den ahnungslosen Hund. Ich sitze auch noch brav und ruhig vor dem Gartentörchen und warte, bis Frauchen abgeschlossen hat.

Aber dann kann mich nichts mehr halten. Ich nehme Witterung auf und fege mit wehenden Ohren und Frauchen im Schlepptau um die Ecke, um dann ziemlich unsanft mitten in Tina zu stoppen. Ich fälle sie mal wieder, sodass sie auf ihrem Hinterteil landet. Selber schuld. Sie hat schließlich mit dem Versteckspiel, welches ich so sehr liebe, angefangen. Frauchen hängt keuchend und schimpfend an der Leine und Tina sitzt lachend auf dem Boden. Jetzt ist die Welt für mich in Ordnung. Meine beiden Menschen haben wieder sehr viel Spaß. Ja, es wird bestimmt ein toller Spaziergang.

Wir gingen diesmal in eine ganz andere Richtung. Die Strecke war mir neu. Zuerst überquerten wir die Eisenbahngleise, danach eine Bundesstraße und dann ging es ab in die Natur. Es war alles sehr spannend. Am Wegesrand floss ein kleiner Bach vorbei, und es roch überall so gut. Ein richtiges Paradies, für eine Fellnase, wie ich es bin.

Wenn ich doch jetzt nur ohne Leine herumstöbern könnte. Das wäre toll. Aber mein Frauchen hatte recht. Es ist viel zu gefährlich. Obwohl ich jetzt schon ein ganzes Stück gewachsen bin. Meine Ängstlichkeit und Schreckhaftigkeit habe ich immer noch nicht verloren. Das wird sich aber im Laufe der Jahre bestimmt noch legen. Ich schnüffelte überall und freute mich über all die neuen Gerüche. Meine beiden Menschen waren in ein Gespräch vertieft, als Tinas Energie sich merklich veränderte. Sie hatte zurzeit noch keine Ahnung von ihrer Gabe, spürte aber instinktiv, dass etwas absolut nicht stimmte. Sie blieb stehen und versuchte, die Situation einzuschätzen.

Ich setzte meinen Schnüffler ein, und mir stach wieder der sehr penetrante Geruch, den ich das erste Mal im Wald wahrgenommen hatte, in die Nase. Tinas Körper war wie ein Flitzebogen angespannt. Bei ihr läuteten alle Alarmglocken, wie die Menschen immer zu sagen pflegen. Tina nahm „Witterung" auf, legte ihrer Mutter die Hand auf den Arm und flüsterte: „Wir müssen uns jetzt ganz langsam und leise zurückziehen. Dina muss sich jetzt ganz ruhig verhalten."

Tina, ich bin ein Hund und habe deine Anspannung gespürt! Ich weiß, wann Gefahr droht. Ich muss dir wirklich noch vieles über uns Hunde beibringen.

Wir zogen uns also langsam zurück, als Frauchen nervös wurde und wissen wollte, was los ist. Tina hatte keine Erklärung dafür, fühlte aber die Gefahr, in der wir uns befanden. Sie sagte nur: „Ich weiß es nicht, es ist nur so ein Gefühl." Plötzlich raschelte es im Unterholz und eine Gruppe kleiner, gestreifter Vierbeiner kam quiekend aus dem Gestrüpp. „Oh, sieh mal, Tina, sind die nicht süß!", rief ihre Mutter. „Ja, sehr süß. Aber wo Frischlinge sind, ist die Bache nicht weit. Also schlage ich einen geordneten Rückzug vor."

Komisch, manchmal konnte ich Tina gedanklich nicht folgen. Es sind doch nur ein paar kleine Schweinchen. Wie können diese so eine Reaktion bei ihr hervorrufen? Die sind doch soooo niedlich, und bitte, was ist eine Bache? Ich bin ein Hund und kenne nicht alle eure Ausdrücke. Ich komme ja schließlich aus Spanien und habe mich mit meinem Rudel am Strand durchschlagen müssen.

Ich sollte binnen einiger Sekunden lernen, was eine Bache ist. Mit sehr viel Lärm kam ein großes Schwein durch das Gebüsch gepflügt. Okay, Tina, jetzt weiß ich, was eine Bache ist. Nämlich eine sehr aufgebrachte Mutter, die ihre Jungen verteidigt. Laaaaaauuuuft, was das Zeug hält. Da ich vier Beine besitze, habe ich natürlich einen großen Vorteil.

Wir liefen, so schnell uns unsere Beine tragen konnten. Ich glaube im Nachhinein, es ging um unser Leben.

Als wir aus der Gefahrenzone heraus waren, schnappten wir erst einmal nach Luft. Das war knapp. Okay, ich werde niiiiieeeee wieder Tinas Reaktion infrage stellen. Mit klopfendem Herzen und viel Adrenalin im Blut überquerten wir wieder die Bundesstraße und die Bahngleise. Wir spazierten noch eine Weile an den Bahngleisen entlang, wo nur nachts die Wildschweine ihr Unwesen trieben. Tagsüber war es zum Glück sicher. Als wir uns alle drei von dem Schrecken so einigermaßen erholt hatten, gingen wir wieder nach Hause. Für heute haben wir genug Abenteuer erlebt.

Ich möchte mir nicht vorstellen, was passiert wäre, wenn Tina nicht gleich auf ihr Gefühl gehört hätte. Ihre gute Intuition hat uns mit dem Schrecken davonkommen lassen. Ich habe gelernt, neue Spuren, die ich nicht kenne, mit Vorsicht zu behandeln, denn man, beziehungsweise Hund, weiß nie, wer oder was dahinter steckt.

Außerdem habe ich noch gelernt, Tina blind zu vertrauen. Sie würde uns nie wissentlich einer Gefahr aussetzen. Obwohl sie die Gefahr nicht sehen konnte, hat sie sie doch gespürt und uns alle in Sicherheit gebracht, wie es sich für einen guten Rudelführer gehört.

Zu Hause angekommen fingen meine beiden Menschen an zu kochen. Abenteuer erleben macht schließlich sehr hungrig. Bin mal gespannt, was es heute wieder so Leckeres gibt. Frauchen kann wirklich guuuut kochen. Ich bin da nicht so verschnuppt wie Tina. Ihre Mutter kocht oft frisch für mich.

Dann gibt es Porree mit Reis und Hähnchen oder Möhren mit Kartoffeln und eine Dose Fleisch dazu. Es ist immer sehr abwechslungsreich und lecker. Tina rümpft dann immer die Nase. Obwohl es lecker riecht, mag sie nicht so gerne Gemüse. Ich bin froh, dass ich jetzt mein Essen serviert bekomme und es mir nicht mehr unter Androhung von Prügel klauen muss. In Einem sind wir uns aber einig: Sauerkraut und Rotkohl gehören zu unseren gemeinsamen Lieblingsspeisen.

Das Sauerkraut wird kurz abgespült, damit es etwas an Säure verliert, und dann bekomme ich immer etwas ab, bevor es zubereitet wird. Frauchen ist der Meinung, es ist gut für meinen Magen. Mir ist das wurscht. Hauptsache es schmeckt und gelangt in meine Futterluke. In meiner Vergangenheit habe ich von einem Restaurant heimlich etwas zu essen bekommen. Wenn, dann waren es Sauerkraut und Rotkohl. Deswegen kenne ich den Geschmack.

Obwohl, wenn Frauchen es zubereitet, schmeckt es noch vieeeel besser. Wären da nicht zwischendurch die störenden Nudeln, die ich im Gegensatz zu Tina überhaupt nicht mag. Aber ich wäre ja kein superintelligenter Hund, hätte ich nicht mit der Zeit eine Technik entwickelt, um mich von diesem unliebsamen Nahrungsmittel zu befreien und es aus meinem Essen zu entfernen. Liebe Hundekumpels, ich habe da einen Trick. Ihr braucht noch nicht einmal eine Zahnlücke zu haben. Besitze ich auch nicht, und es klappt trotzdem. Funktioniert auch mit Erbsen.

Also, Nahrung aufnehmen, mit der Zunge schmecken und alles, was Eurer Meinung nach nicht in den Magen gehört, durch die Lefzen an der Seite wieder hinausbefördern. Spuckt es einfach wieder aus und macht Euch keine Gedanken darüber, wie die Küche danach wieder aussieht.

Denn spätestens, wenn Ihr Euch anschließend Eurem Wassernapf widmet, ist für Eure Frauchen und Herrchen wieder putzen angesagt. In der Zeit könnt Ihr dann gemütlich Euer wohlverdientes Mittagsschläfchen halten. So sind Eure Menschen mit Putzen beschäftigt, kommen nicht auf dumme Gedanken und haben noch ein kostenloses Bewegungstraining.

Also profitieren alle davon. Es ist doch toll, wie gut Menschen und Hunde als Team zusammenarbeiten können. Ja, meine lieben Menschen, was wäre das Leben nur ohne uns Fellnasen. Ihr hättet viel weniger Bewegung, viel mehr Ruhe, weniger Arbeit und Ihr könntet im Winter und an wirklich ungemütlichen Regentagen viel länger im Bett bleiben. Wäre das nicht ätzend und außerdem mehr als langweilig?

Wir sorgen mit einem regelmäßigen Fitnessprogramm für Eure Gesundheit. Da könnt Ihr einmal sehen, was wir uns alles für unsere geliebten Zweibeiner einfallen lassen, und das ganz ohne Eigennutz! Alleine dafür müsst Ihr uns doch gerne haben.

Orientierungslos

Der Tag begann wie jeder andere. Gassi gehen, Frühstücken. Aber was war das? Ich hörte, dass Frauchen telefonierte. Es war überhaupt nichts Außergewöhnliches. Mit Tina ging das manchmal Stunden lang, obwohl sie direkt um die Ecke wohnt. Anfangs habe ich mich total darüber aufgeregt. Frauchen kam nämlich auf die glänzende Idee, Tina anzurufen und mir den Hörer hinzuhalten. Ich hörte Tinas Stimme, konnte sie aber nicht sehen. Tina unterhielt sich mit mir, und ich legte, wie immer, wenn ich mich auf ein Gespräch konzentrierte, den Kopf schräg.

Frauchen fand das zum Brüllen und lachte sich kaputt. Wo bitte kam Tinas Stimme her? Wollt ihr mich veräppeln, wie die Menschen immer zu sagen pflegen? Aber irgendwann kam ich der Sache auf die Spur. Dieser Hörer stellte eine Verbindung zu Tina her, ohne dass sie sich im gleichen Raum befand. Ich sollte sehr schnell lernen, wie wichtig das für Frauchen ist.

Dieses Gespräch war allerdings anders. Uns Tieren wird nachgesagt, wir hätten eine innere Uhr. Diese sagte mir: „Dina, Tina ist um diese Tageszeit auf der Arbeit." Da stimmte etwas nicht. Mit wem telefoniert

Frauchen da nur? Ich sollte es schneller herausfinden, als mir lieb war.

Frauchen bestellte ein Taxi. Okay, das war ungewöhnlich, aber ich fühlte mich nicht betroffen. Bis ich hörte: „Ich habe einen großen Hund dabei." Jetzt wurde ich wirklich misstrauisch, und es beunruhigte mich sehr. Sonst fuhren wir immer mit Tina mit. Was hatte Frauchen vor? Mir wurde plötzlich ganz mulmig zumute. Ich brauchte Tina, um mich sicher zu fühlen, denn sie passte auf mich auf.

Nichts gegen mein Frauchen!! Ich würde sie um nichts in der Welt eintauschen wollen. Sie ist wirklich spitze und hat ein Herz aus Gold. Ist die Ruhe selbst und hat vieeeeeel Geduld. Die braucht sie auch bei Tina und mir. Zusammen sind wir sehr oft außer Rand und Band und nicht zu ertragen, wie Frauchen immer im Scherz sagt. Uns fallen immer die tollsten Sachen ein, um Tinas Mutter zur Verzweiflung zu treiben. Ab und zu treiben wir es zu toll, da schimpft Frauchen und wird sauer. Da geht selbst Tina in Deckung, und das will schon was heißen. Aber meistens ist sie die Ruhe selbst, und das nutzen sehr viele Menschen aus. Tina schimpft dann immer, Frauchen sollte sich auch einmal wehren und ihren Mund aufmachen. Dafür ist sie aber zu zurückhaltend. Da ist Tina ganz anders. Sie lässt sich nichts gefallen und steht für mein Frauchen und mich ein. Das gefällt mir total, und ich finde es dufte.

Als es klingelte, wurde ich aus meinen Gedanken gerissen. Ein Taxi stand vor unserer Tür, und eine Frau stieg aus. Ich war ein bisschen beruhigter. Frauchen nahm ihre Tasche, und wir gingen zu dem Auto. Die Klappe ging auf, und ich stieg hinten auf der Ladefläche ein. Frauchen löste meine Leine und setzte sich nach vorne. Aber was war das? Ich wurde nicht gesichert und fand auch keinen Halt.

Die Fahrt war kurz aber sehr anstrengend für mich. Ich versuchte, Kurven und Bremsmanöver irgendwie mit meinem Körper abzufangen, ohne gleich durch den Wagen zu purzeln. Ich fühlte mich alles andere als sicher. Auf einmal kam das Auto zum Stehen. Die Fahrerin öffnete meine Tür, bevor Frauchen überhaupt aussteigen und mich an die Leine nehmen konnte. Ich war von der Fahrt so durcheinander, dass ich froh war, den Wagen verlassen zu können. Orientierungslos rannte ich voller Panik über die Straße und achtete nicht auf die Autos, die mich beinahe überfahren hätten. Ich wollte nur weg.

Wo war ich und um Himmelswillen, wo war Tina? Sie muss mich doch beschützen!!!

Ich hatte Glück. Ein Autofahrer überblickte die Situation. Er stieg aus seinem Wagen aus und hielt den Verkehr an. Dann fing er mich ein, und Frauchen konnte mich endlich an die Leine nehmen. Das war knapp. Mein Frauchen und ich zitterten um die Wette. Sie bedankte sich bei dem Autofahrer, der mich gerettet hatte, und ging erst einmal mit mir auf den Bürgersteig, um Luft zu holen.

Was soll ich Ihnen sagen? Die Taxifahrerin stieg in ihren Wagen und fuhr davon. Es war ihr so was von egal, wie diese Situation ausging. Sie hatte sich einfach aus dem Staub gemacht. Sie interessierte es überhaupt nicht, ob ich überfahren werde oder mein Frauchen einen Schock bekommen könnte. Wie bitte kann man sich anbieten, einen Hund zu transportieren und keine Ahnung von uns haben? Mir kamen langsam Zweifel, ob sie überhaupt schon mal einen Hund mitgenommen hatte.

Als mein Frauchen sich so weit beruhigt hatte, ging es über die Straße zu dem Tierarzt. Ich stand unter Schock, und an eine Untersuchung war nicht zu denken. Mein Frauchen erzählte der Ärztin, was passiert war. Diese meinte nur: „Der Hund ist viel zu aufgeregt und ängstlich. Ich gebe Ihnen ein Beruhigungsmittel mit, das Sie Ihrem Hund vor unserem nächsten Termin geben. So kann ich nicht arbeiten. Lassen Sie sich einen neuen Termin geben."

Das ist doch wohl die Höhe. Ist es denn ein Wunder, dass ich so aufgewühlt bin? Es ging schließlich um mein Leben. Von ihr hätte ich wenigstens ein bisschen Verständnis und Einfühlungsvermögen erwartet.

Gesagt, getan, gingen wir wieder nach vorne, damit Frauchen einen neuen Termin vereinbaren konnte. Schlauerweise war es diesmal ein Mittwoch. Wieder wurde ein Taxi gerufen und es kam zum Glück nicht die gleiche Person. Wir fuhren nach Hause, und es lief alles so, wie es sich gehörte. Frauchen bezahlte, stieg aus und der Fahrer, diesmal ein Mann, wartete, bis sie an der Klappe stand und mich in Empfang nehmen konnte.

Ich verliere langsam meine Angst vor Männern. Es gibt auch wirklich freundliche ihrer Art, die Verständnis für uns Fellnasen haben. Er wuselte mir noch durchs Fell, nahm meinen Kopf, blickte mir tief in meine Augen und sagte: „Du bist so eine Süße. Was hat man dir nur angetan, dass du so eine Angst hast?"

Mein Frauchen und der Taxifahrer unterhielten sich noch eine Weile über mich, und ich legte mich entspannt daneben. Es stellte sich heraus, dass auf ihn auch zwei Fellnasen warteten, wenn er von der Arbeit nach Hause kam. Es gibt Männer, die auch Hunde haben und liebevoll mit ihnen umgehen!! Ich glaube, es wird jetzt Zeit, das Bild, das mir Männer in meiner Vergangenheit durch ihr Verhalten vermittelt haben, ganz schnell zu überdenken. Ich sollte mich auf meinen Instinkt und meinen Spürsinn verlassen.

Heute habe ich wieder sehr viel gelernt! Es wird Zeit, den richtigen Menschen zu vertrauen. Zu Hause angekommen gab es erst einmal Mittagessen, und dann legten wir uns beide hin, um uns von dem aufregenden Tag zu erholen. Mit vollem Bauch und dem Gefühl, wieder in Sicherheit zu sein, schlief ich tief und fest ein.

Abends wurde es Zeit, und ich machte mich auf den Weg zur Tür. Der Schreck saß mir immer noch in den Gliedern, aber ich war so weit okay. Die Freude, Tina gleich wieder zu sehen, ließ mich alles andere vergessen. Sie kam rein und merkte sofort, dass etwas nicht stimmte. Die Begrüßung war wie immer sehr herzlich, aber ihr Bauchgefühl sagte ihr, dass etwas ganz und gar nicht in Ordnung war.

„Was ist passiert?", wollte sie wissen. Nach einigem Zögern erzählte Frauchen, was geschehen war. Tina explodierte und war außer sich. Warum Frauchen den Termin nicht gleich auf Mittwoch gelegt habe. Da habe sie schließlich frei. Frauchen brauche kein Geld für ein Taxi auszugeben und sich nicht mit so inkompetenten Menschen, wie Tina die Taxifahrerin bezeichnete, abzugeben. Das sei viel zu gefährlich. Was da alles hätte passieren können. Es sei eine Unverschämtheit, dass so unerfahrene Menschen, wie diese Fahrerin eine war, überhaupt Tiere mitnehmen durften.

Na ja, es ist ja zum Glück noch einmal alles gut gegangen. Frauchen hat es gut gemeint und wollte nur, dass Tina nicht jeden freien Tag irgendwelche Termine mit uns hat.

Der Tag des neuen Arzttermins rückte immer näher. Frauchen hatte schon Bedenken und wollte mir die Beruhigungsmittel, die ihr die Ärztin für mich mitgegeben hatte, nicht wirklich geben. Sie hat auch einen siebten Sinn und verlässt sich auf ihr Bauchgefühl. Andererseits wollte sie mich auch keinem unnötigen Stress aussetzen. Aber Tina war ja diesmal wieder dabei. Da konnte nichts passieren. Dachte ich jedenfalls.

Frauchen gab mir also die Tabletten, aber zum Glück nur die Hälfte. Es waren sehr kleine, die es aber in sich hatten. Ich wusste überhaupt nicht, wie mir geschah. Alles versagte urplötzlich seiner Bestimmung. Meine Beine sackten weg, mein Kopf hing nur noch runter und ich konnte keinen klaren Gedanken mehr fassen. Was war passiert? Ich hatte keine Kontrolle mehr über meinen Körper. Alle Reaktionen waren auf null heruntergefahren.

Mein Frauchen wurde total panisch. In ihrer Verzweiflung rief sie Tina an und brüllte: „Tina, komm sofort rüber, die Dina geht uns ein." So hatte ich mein Frauchen noch nie erlebt. Sie war immer die Ruhige und Besonnene von uns Dreien. Mit ihrer Panik machte sie mir Angst. Ich war aber viel zu schwach, um darauf zu reagieren.

Tina kam, und sie sah mich an. Ich sah Tränen in ihren Augen stehen und dachte nur: „So schlimm wird es doch wohl nicht sein." Ihre Energie drückte aber etwas anderes aus. Ich fühlte, wie mein Körper hochgehoben wurde. Mir war kalt, und ich war müde. Ich wollte nur schlafen. Tina und ihre Mutter waren da aber ganz anderer Meinung. Sie versuchten, mich auf die Beine zu stellen. Tina brüllte mich an, um überhaupt zu mir vordringen zu können. Meine beiden Menschen schleppten mich eine ganze Zeit durch den Garten, und ich musste mich bewegen. Es war alles so mühsam und anstrengend. Irgendwann stand ich dann endlich auf ziemlich wackligen Beinen, und Tina rubbelte meinen ganzen Körper. Langsam kehrte wieder Leben in meine Glieder zurück.

Die ersten Schritte waren noch sehr unsicher, aber Tina ließ nicht locker und es ging ab auf die Straße. Sie rannte mit mir immer auf und ab, bis sie selber nicht mehr konnte. Ich setzte mich auf meine vier Buchstaben und war der Meinung: „Es reicht." Ich war wieder da, wenn auch noch etwas benebelt. Es ging ab nach Hause, wo ich erst einmal viel Wasser trinken sollte. Okay, jetzt habe ich euer Sportprogramm absolviert, jetzt habe ich mir eine Wurst verdient. Meine beiden Menschen waren der gleichen Meinung und ich verdrückte mich mit meinem ergatterten Schatz in mein Körbchen.

Ich hörte Tina nur noch sagen: „Dina muss jetzt erst einmal ihren Rausch ausschlafen." Das tat ich dann ausgiebig. Frauchen sagte den Arzttermin ab. Es war nur eine Routineuntersuchung. Tina war so in Rage, ich glaube, sie hätte der Tierärztin so richtig die Meinung gesagt. Sie suchte uns einen neuen Tierarzt. Ich würde jetzt wohl nicht mehr leben, wenn Frauchen nicht ihrem Bauchgefühl gefolgt wäre und mir nur die Hälfte der Tabletten gegeben hätte.

Tina war ab jetzt immer bei jedem Termin dabei. Was mich sehr beruhigte.

Das hätte auch ganz anders ausgehen können. Frauchens Instinkt und ihr Gefühl haben mich gerettet. Ich bin mehr als froh, dass sie darauf vertraut hat.

Halloooooo, ist jemand zu Hause?

Ich bin ja sehr schlau und gelehrig. Wenn ich einen Sinn darin sehe, in dem, was von mir erwartet wird. Menschen sind eine ganz besondere Spezies, die wir Tiere nicht immer verstehen. Sie haben alle so ihre Eigenarten, mit denen wir aber leben können. Oft sind es Marotten, wie die Menschen jetzt wieder sagen würden, die sie so einzigartig und liebenswert für uns machen.

Manchmal ist es sogar sehr komisch. Bei meinem Frauchen und Tina ist das nicht anders. Oft stehe ich da und denke mir: „Okay, es sind Menschen und die ticken eben anders." Sie sind so berechenbar, dass es kein Wunder ist, dass wir in den meisten Fällen wissen, was als Nächstes kommt.

Liebe Kumpels, lasst Euch eins gesagt sein: „Wollt Ihr Eure Menschen verstehen, nehmt Euch kurz Zeit, um sie zu erforschen." Das lohnt sich immer und ist vor allen Dingen sehr hilfreich. Denn sie meinen oft etwas ganz anderes, als sie sagen.

Die Menschen haben meistens immer den gleichen Rhythmus und Tagesablauf. Wir drei, ja Sie haben richtig gehört, Tina war mit von der Partie, gingen wieder spazieren. Mir ist es ganz egal, wohin es geht. Hauptsache Tina ist bei uns. Wir machten vor dem großen Tor halt. Yeahhhhhhh, es geht wieder ab in den See. Cooool, denn wenn Tina dabei ist, dann geht es richtig rund. Mit ihr kann ich so ausgelassen rumtoben, wie ich will. Ein paar blaue Flecken gehören schon zum alltäglichen Programm. Kann ich was dafür, dass sie so klein ist und nicht immer meiner geballten Energie standhält?

Ein bisschen Schwund ist immer. Die Menschen haben auch immer so tolle Sprüche dafür. Für jede Situation das Passende. Ich raste also wie ein wild gewordener Handfeger in Richtung Wasser. Dass Tina dabei im Weg stand, machte mir nicht wirklich etwas aus. Ich rannte sie über den Haufen und der Weg war frei. Mit Übermut und aufgestauter Energie plumpste ich wie ein Mehlsack ins Wasser, rannte die Böschung hinauf, um mich, oben angekommen, wieder ins Wasser zu stürzen. Die pure Lebensfreude. Das ist ein wirklich tolles Hundeleben. Wären meine Menschen und ich da nicht ab und zu verschiedener Meinung. Wenn der See weniger Wasser hat, ist unten ein ganzes Stück frei, welches sonst unter Wasser steht.

Kumpels, ich brauche Euch bestimmt nicht zu sagen, wie toll es ist, da herum zu matschen. Ich habe wirklich lange Beine, schaffe es aber trotzdem, bis zum Bauch im Matsch zu stehen. Hmmmmm, ist das nicht herrlich? Es ist die reinste Wonne, so ein Schlammbad. Als ich auf die Idee kam, mein ganzer Körper braucht Pflege, und ich mich in diesem von der Sonne aufgewärmten Moorbad genüsslich wälzte, hörte ich, dass meine Menschen anderer Meinung waren.

Aber Leute was habt Ihr nur? Der Schlamm trocknet mit der Zeit und hält auch noch lästige Fliegen und Zecken ab. Durch diese Lehmkruste kommt kein Störenfried an mich heran. Und es fühlt sich so richtig schmutzig an. Okaaaaay, ich bin ein Mädchen, aber darf ich mich nicht auch mal schmutzig machen? Frauchen ich bin ein Hund!! Es macht doch soooo viel Spaß!!!!

Ich hörte aber nur Frauchens entsetzten Schrei. „Ab ins Wasser mit dir, du Ferkel." Ja, das ist doch das, was ich hören wollte. Ich setzte schon zum Sprung an, aber was war das? Tina lag neben mir auf dem Boden, brüllte und hielt sich mal wieder den Bauch vor Lachen.

Jetzt war schnelles Handeln gefragt. Ich sprang mit einem großen Satz in den See, befreite mich von dem Schlamm und sprang vor Wasser triefend auf Tina drauf. Sie konnte sich nicht beruhigen und versuchte, mich von sich herunter zu schubsen. Es war ein tolles Spiel. Wie sollte es anders sein, Frauchen war da wieder einmal anderer Meinung.

„Guckt mal, wie ihr ausseht. Wie die Ferkel, wo soll das noch enden?" Keine Ahnung, Frauchen, aber ich gehe jetzt noch ne Runde schwimmen. Bis Tina wieder trocken ist, habe ich ja noch Zeit.

Ich tobte noch eine ganze Weile im See herum, als Tinas Mutter meinte: „Kind, es ist Zeit zum Mittagessen." Au ja fein, das Herumtollen, Schwimmen und die tolle Schlammpackung haben mich jetzt auch hungrig gemacht. Wir schlenderten, wie Tina es ausdrückte, nach Hause. So, meine beiden lieben Menschen, jetzt gebt aber Vollgas. Ich hab Hunger und dulde keinen Widerspruch.

Frauchen schloss die Tür auf und Tina folgte ihr nach drinnen. Als braver und wohlerzogener Hund blieb ich, wie Frauchen es mir beigebracht hat, draußen auf der Fußmatte sitzen. Ich habe ja schließlich schmutzige Füße. Ich war der festen Überzeugung, einer der beiden geht hinein und holt ein Handtuch für mich. Aber was war das? Die Tür schloss sich und ich saß mal wieder wie bestellt und nicht abgeholt auf der falschen Seite der Tür.

Halloooo. Ist jemand zu Hause? Ich wohne schließlich auch hier!! Aber keinem ist das Fehlen des Wachhundes aufgefallen. Mir blieb also nichts anderes übrig, als zu warten. Aha, ich bin ja ein schlauer Hund und lief einmal um das ganze Haus herum. Überall waren Fenster und Glastüren, aber keiner hat mich gesehen. Ich legte mich wieder auf die Fußmatte. Irgendwann mussten sie ja meine Abwesenheit mitbekommen. Ist nur die Frage wann.

Ich sah Tina hin und her rennen. Von der Küche ins Wohnzimmer und wieder zurück. Ah, das heißt, sie deckt den Tisch. Frauchen öffnet das Küchenfenster und es riecht wieder so herrlich. Sie kann richtig gut kochen, und wie das duftet. Da läuft mir das Wasser in meinem Feinschmeckergaumen zusammen. Jetzt stellt sich nur die Frage, wie komme ich in das Haus. Ich habe mir schließlich auch etwas zu essen verdient.

Auf einmal hörte ich Tina fragen: „Mama, hast du Dina gesehen? Sie ist doch sonst immer in der Küche, wenn du kochst." „Nein, Kind, schon länger nicht mehr. Sie hat so im See herumgetobt, dass sie sicher irgendwo schläft und nichts mehr mitbekommt. Ich hoffe, das Ferkel liegt nicht auf meinem frisch bezogenen Bett."

Aber Frauchen, was denkst Du von mir? Ich bin schließlich gut erzogen. Aber die Idee ist nicht schlecht. Könnte von mir sein. Ich würde jederzeit ein weiches Bett einer harten Fußmatte vorziehen.

Tina rannte wie von einer Tarartel gestochen durch die Wohnung und rief: „Mama ich kann sie nicht finden. Wo soll sie nur sein?" Ich hörte meinen Namen und setzte mich wieder hin.

Auf einmal bewegte sich die Gardine von der Haustür und Tina sah hinaus. Sie sah mich verdutzt an und rief: „Dina, was machst du denn da draußen? Ich suche dich schon überall." Was soll ich wohl hier draußen machen? Blöde Frage! Manchmal stellen die Menschen schon sehr überflüssige Fragen.

„Wieso hast du dich nicht gemeldet?" Wieder so eine überflüssige Frage. Tina, was hätte ich denn Deiner Meinung nach tun sollen? Pfeifen, klingeln, anrufen oder vielleicht eine E-Mail schreiben? Ich sage ja, manchmal sind die Menschen schon eine eigene Spezies für sich. Aber das Wichtigste ist doch, dass sie sich gut um uns kümmern, auch wenn wir uns nicht immer verständigen können.

Übrigens, Ihr Hundekumpels da draußen. Ihr werdet Euch jetzt bestimmt fragen, warum hast du nicht einfach gebellt, um auf dich aufmerksam zu machen? Die Frage ist berechtigt. Aber ich soll in der Mittagszeit nicht bellen, da ich sonst vielleicht die Nachbarn störe. Also habe ich Geduld bewiesen und gewartet. Irgendwann musste mein Verschwinden ja auffallen. Spätestens, wenn ich nicht am Mittagstisch erscheine.

Das fällt auf. Ich muss nämlich immer sehen, was Leckeres auf dem Tisch steht. Ich bedauere meine kurzbeinigen Kumpels, denen dieser Anblick nicht gewährt wird. Es sieht so lecker aus, und wie das duftet. Einfach herrlich. Ein richtiger Gaumenschmaus. Njammiiii. Da läuft mir das Wasser in meiner Schnauze zusammen. Liebe Hundekumpels, ich lebe im Paradies. Ich habe einen vierundzwanzig Stundenservice und bekomme alles, was ich brauche, und meistens auch das, was ich begehre. Und mein Frauchen kann kochen, es ist ein Genuss!!

So etwas lasse ich mir nicht entgehen. So tief und fest kann ich überhaupt nicht schlafen. Da muss ich dabei sein, das kann ich mir doch nicht entgehen lassen. Essen ist schließlich mein Lieblingshobby. Okay. Außer Autofahren, schwimmen, herumtoben und Streiche spielen. Obwohl, wenn ich darüber nachdenke, steht essen an erster Stelle.

Alle Mann in Deckung!!

Tina kam wieder zu Besuch. Na ja sie wohnt zwar nebenan, aber sie muss immer lange arbeiten und hat wenig Zeit. Die Zeit, die ihr bleibt, verbringt sie am liebsten mit uns. Unsere Begrüßung fällt wie immer stürmisch und sehr emotional aus. Ich freue mich wie Bolle, wenn Tina kommt. Fremde, die uns nicht kennen, könnten auf die Idee kommen, dass wir uns seit Wochen nicht mehr gesehen haben.

Tina wird dann erst einmal mit meiner Fellnase untersucht. Sie kommt nämlich auf die Idee, an den merkwürdigsten Stellen Knochen zu verstecken, die ich dann finden soll. Es macht ihr wahnsinnigen Spaß, mich zu verwöhnen und mir oft etwas Leckeres mitzubringen. Das muss ich dann erst einmal suchen. Wir wissen zwar beide, dass ich nur so tue, als ob ich nicht wüsste, wo die Leckerchen sind. Wir haben schließlich einen tollen Spürsinn und eine noch feinere Nase. Uns entgeht nicht das Geringste.

Mal hat sie die Knochen oder Kekse in den vorderen Hosentasche versteckt. Dann sind sie in den hinteren Taschen oder in ihrer Jacke. Um ihr den Spaß nicht zu verderben, suche ich erst einmal an den falschen Stellen. Aber ich höre Tina so gerne lachen und weiß, dass sie das glücklich macht. Wenn ich dann meine Hundesüßigkeiten gefunden habe, stupse ich Tina „gefühlvoll" mit der Nase an. Das gibt meistens ziemlich blaue Flecken. Ihr müsst wissen, dass Geduld nicht meine Stärke ist. Vor allen Dingen nicht, wenn es ums Essen geht. Oft bringt sie mir gefüllte Kauknochen mit. Dieeeee sind lecker. Ich war also erst einmal beschäftigt und froh, in Tinas Nähe zu sein. Meine beiden Menschen haben sich wie immer sehr viel zu erzählen.

Ich mampfe genüsslich meinen Knochen und lasse die beiden quatschen. Tina hat mir etwas Neues mitgebracht. Einen extragroßen Kauknochen, für extra langen Kaugenuss. Steht wohl auf der Verpackung. Das gilt aber nicht für Hunde, wie ich einer bin.

Nach kurzer Zeit ist meine Ablenkung aufgemampft und mir wurde langweilig. Dass Menschen nur so viel reden können. Manchmal ohne Punkt und Komma, wie es so schön heißt. Ich bin ein Musterbeispiel eines sehr gut und wohlerzogenen Hundes, aber auch meine Geduld hat ihre Grenzen.

Langsam aber sicher mache ich mich bemerkbar. Schließlich gehöre ich auch zur Familie und brauche Beschäftigung. Keiner nahm Notiz von mir. Sie quatschten einfach weiter. Halloooo, ich bin auch noch da. So, Ihr hört nicht, dann muss ich zu anderen Mitteln greifen.

Zuerst platziere ich meinen Kopf vorsichtig auf Tinas Bein und lege meinen treuesten Hundeblick auf, den ich habe. Sie streichelt mir liebevoll über den Kopf, nimmt aber weiter keinerlei Notiz von mir.

Okay, jetzt greife ich zu anderen Mitteln. Mit Schwung schmeiße ich meine Pfote zusätzlich auf Tinas Bein und unterstreiche das Ganze noch mit einem leisen Winseln.

Frauchen platzt der Kragen, wie die Menschen zu sagen pflegen, wenn sie die Nase voll haben. Ich liebe ihre Wortspiele. Frauchen schimpft: „Dina, kannst du nicht ein Mal Ruhe geben, du hattest einen Knochen, was willst du noch?" Was für eine Frage, spielen, Frauchen, was sonst. Auf einmal hörte ich: „Oh, guck mal, wie sie guckt, ist sie nicht süß?" Jaaa, Tina habe ich wieder um den Finger gewickelt.

Ihre Mutter allerdings war da anderer Ansicht und schimpfte: „Tina, du machst meine mir mühsam erarbeiteten Erziehungsmethoden zunichte. Dina muss lernen, auch einmal Ruhe zu geben." Klar, Frauchen hat recht, aber nicht wenn Tina da ist. Da will ich toben und viel Action haben. Rumlümmeln kann ich später immer noch. Aber eben das war Frauchens Problem. Wenn Tina nicht bei uns ist, werde ich faul und liege viel herum, oder suche mir eine andere Beschäftigung.

Mit Frauchen gehe ich immer vorsichtig um. Ich möchte nicht, dass sie sich verletzt oder sogar noch blaue Flecken bekommt. Tina ist da wesentlich robuster. Sie kann ein paar Stupser vertragen. Ich quengelte so lange herum, bis Tina aufstand und mit mir tobte. Es ging wieder heiß her und Frauchen ging in Deckung.

Ein ganz tolles Spiel finde ich, wenn wir aus einiger Entfernung aufeinander zulaufen und kurz vor dem Crash bremsen und dann mit unseren Hinterteilen zusammenprallen. Okay, zugegeben, es ist nicht ganz fair, denn ich gewinne meistens. Das Lustigste dabei ist, dass ich nach dem Aufprall durch das halbe Zimmer fliege. Das macht Lust auf mehr. Yeahhhh, nur fliegen ist schöner.

Was auch irre Spaß macht, ist Tina von hinten durch ihre Beine zu laufen. Vor allen Dingen, wenn sie mit dem Rücken zu mir steht und überhaupt nicht damit rechnet. Kann ich etwas dafür, dass sie so kurze Beine hat. Sie findet sich dann des Öfteren auf dem Boden der Tatsachen wieder.

Okay ich muss ja ehrlich zugeben, ich bin noch ein gutes Stück gewachsen. Nicht nur in die Höhe, nein auch in die Breite. Obwohl ich eine Dame bin, habe ich sehr viele Muskeln aufgebaut und eine sehr dunkle Stimme bekommen. Ich bin ein richtiges Prachtexemplar geworden und stolz darauf.

Auf einmal hatte Frauchen die Nase voll. Sie stand auf und suchte nach meinem Vollgummiball. Dann, nachdem sie ihn gefunden hatte, kam Tinas Mutter mit einem Strumpf um die Ecke. Tina ahnte schon Böses. Ich sah nur noch meinen Ball in dem Strumpf verschwinden.

Im hohen Bogen flog der Strumpf an mir vorbei. Oh, supi, Frauchen hat sich wieder was Feines zum Spielen für mich ausgedacht. Ich jagte wie besessen dem Ball hinterher. Schnell habe ich herausgefunden, dass ich auch alleine damit spielen kann. Ich nahm das offene Ende des Strumpfes und schleuderte ihn um meinen Kopf herum. Der Strumpf nahm Geschwindigkeit auf und ich ließ ihn los.

Tina zog den Kopf ein und brüllte ihrer Mutter zu: „Mama zieh den Kopf ein und geh in Deckung. Der Ball kommt." Ich persönlich finde das Spiel wirklich toll. Ich kann mich alleine beschäftigen und bringe meine Menschen dazu sich zu bewegen.

„Mama, wie kommst du nur auf so eine Idee?", wollte Tina wissen. „Du weißt doch, dass Dina nur auf so eine Gelegenheit wartet, um Scheiß zu bauen. Außerdem weißt du doch, von wie viel Glas wir umgeben sind. Von den alten Schränken ganz zu schweigen."

„Okay", gab Tinas Mutter zu. „War vielleicht nicht die beste Idee. Dina, gib den Strumpf wieder her! Dann kann ich den Ball wieder herausholen."

Neeeee Frauchen. Das macht viel zu viel Spaß. Hol den Ball! Es entfachte eine herrliche Rauferei. Diesmal mit Frauchen. Die war total happy, endlich hatte sie meine volle Aufmerksamkeit und ich spielte mit ihr. Bis zu diesem Zeitpunkt wusste ich nicht, wie schnell Menschen zufriedenzustellen sind. Wir rangelten noch eine Weile mit dem Strumpf, bis wir beide außer Puste waren.

Ich legte mich zufrieden auf meine Decke und meine beiden Menschen quatschten wieder weiter. Ich weiß nicht, was die Menschen sich immer zu erzählen haben. Da haben wir Hunde es doch viel leichter. Ein Bellen oder ein Knurren und die Körpersprache unterstreicht das Ganze noch. Schon ist die Situation geklärt. Ohne Worte. Vor allen Dingen gibt es bei uns keine Missverständnisse.

Die Menschen sagen selten, das, was sie denken, noch weniger, das, was sie meinen. Oft hören sie nicht richtig zu oder verstehen das Gesagte total falsch. Da kann es ja nur zu Missverständnissen kommen. Liebe Menschen, nehmt Euch die Zeit, Eurem Gegenüber bewusst zuzuhören. Lernt, wieder Eurem Gefühl zu vertrauen. Spürt in die Energie hinein, die Euer Gesprächspartner ausstrahlt. Lernt, wieder die Körpersprache zu deuten, und hört auf Euren Instinkt. Das ist sehr hilfreich und erleichtert Euch das Leben.

Ich spreche aus Erfahrung und weiß, wie schnell die Menschen etwas in den falschen Hals bekommen können. So kann es zu Konflikten kommen, die den Menschen das Leben schwer machen und sich mehr als unnötig erweisen.

Nehmt Euch ein Beispiel an uns Tieren. Können wir uns nicht „riechen", gehen wir uns einfach aus dem Weg. Okaaaaay zugegeben, manchmal machen wir auch einen auf dicke Hose und pöbeln rum, aber das gehört zu dem Thema „Revierverhalten". Oder eine heiße Hündin läuft durch unser Revier. Hallo, da kann doch kein „männlicher Rüde" widerstehen. Auch in der Tierwelt gibt es Machos, oder solche, die meinen, einer zu sein. Hauptsache ist doch, wenn die Fronten geklärt sind, ist alles wieder in Ordnung.

Tinaaaaa, wo bist Du????

Frauchen titschte wie ein Flummi durch die Wohnung. Was war passiert? So aufgeregt habe ich sie selten erlebt. Okay, ihre Tochter hat letzten Sommer ihren Tauchschein gemacht. Da lagen Frauchens Nerven blank und sie war fix und fertig. Hatte es vielleicht etwas damit zu tun? „Aber Frauchen, Tina ist doch so vorsichtig. Ihr passiert schon nichts. Die passt auf." Ich vertraue ihr voll und ganz. Was soll schon groß passieren, außer dass sie ein paar Fische in ihrer Ausrüstung mitbringt.

Die Zeit verging und die Luft wurde immer explosiver. Mensch, Frauchen, entspann Dich doch mal. Du machst mich noch total nervös. Die Tür öffnete sich und Tina kam. Na endlich, jetzt kann Frauchen sich wieder beruhigen, aber weit gefehlt. Jetzt ging es erst richtig los. Tina packte wie so oft ihre Tauchsachen, aber was war das? Eine Tasche, die ich noch nicht kenne. Was hat sie vor? Irgendetwas ist anders als sonst. Wo waren die Sachen, die sie sonst mitnimmt? Die Tauchflaschen, das Blei, die Lampe und sogar das Messer hat Tina nicht eingepackt. Ohne Messer geht sie sonst nie in den See. Es sind die Angelschnüre, die ihr Respekt einflößen. Die kann man unter Wasser wohl schlecht sehen und wenn, ist es oft schon zu spät. Die Schnur kann man auch nicht mit den Händen zerreißen. Tina passt immer auf und ist noch nie hängen geblieben. Aber sicher ist sicher. Wo geht sie also tauchen? Ich sollte es noch früh genug erfahren. Ich weiß sonst immer alles. Aber diesmal habe ich nichts mitbekommen.

Sie holte ihre Ausrüstung und verstaute alles in ihrem Auto. Fast so wie immer. Irgendetwas machte mich aber misstrauisch. Tina verabschiedete sich von Frauchen und beugte sich dann zu mir runter. Was nicht wirklich eine Entfernung darstellte. Sie knuddelte mich und wuselte mir durchs Fell. „Schön lieb sein, Dina, und auf Frauchen hören. Hörst Du?" Klar, ich bin doch nicht taub!! Aber warum sollte ich lieb sein und auf Frauchen hören? Tina drehte sich noch einmal um und winkte.

Langsam setzte mein Hirn ein. War das etwa ein Abschied? Für wie lange? Tina, Du kannst mich doch nicht alleine lassen! Tu mir das nicht an. Was sollen wir denn ohne Dich anfangen? Frauchen winkte Tinas Auto noch lange hinterher. Ich stand wie betäubt neben ihr. Ihre Tochter geht doch oft tauchen und kommt abends immer wieder. Warum also der lange Abschied? Ich war ziemlich verstört. Sie hat mich noch nie alleine gelassen. Kommt sie wieder und wann? Ich verzweifelte langsam aber sicher. Warum hat sie mir nichts gesagt? Oh, stimmt, Tina weiß ja noch nicht, dass wir miteinander reden können und dass sie mich versteht. Das würde für mich alles viel einfacher machen. Meine Zeit wird noch kommen.

Dann kann ich meine Aufgabe erfüllen, weshalb ich zu Tina und ihrer Mutter gekommen bin. Kommt Zeit kommt Rat, wie die Menschen immer zu sagen pflegen. Ich lieeebe diese Sprüche.

Die Zeit verging und es wurde Abend. Ich lag vor der Tür und wartete. Ich ließ mich auch nicht weglocken. Auf einmal klingelte das Telefon und Frauchen sprang auf. Ich lief hinter ihr her, um alles mitzuhören. Okay, Tina ist gut angekommen und ihr geht es gut. Prima, das freut mich, aber was viel wichtiger ist, wann kommt sie wieder?

Die Tage vergingen und ich legte mich immer wieder vor die Tür, um Tina nicht zu verpassen, wenn sie kommt. Zwischendurch klingelte das Telefon und ich lauschte wie immer.

Tagelang lag ich auf meinem Platz vor der Tür, den ich nur verließ, um kurz Pippi machen zu gehen oder die Küche zu besuchen. Wenn ich schon keinen Hunger habe, trinken musste ich aber doch. Frauchen versuchte, mich mit Leckerchen aufzumuntern, aber nichts hat geholfen. Ich will Tina wieder zurück.

Eines Abends klingelte das Telefon wieder. Frauchen war wie ausgewechselt, sie umarmte mich stürmisch und rief: „Dina, stell dir vor, heute Abend kommt unser Kind nach Hause. Ich freu mich." Ja Frauchen und ich erst. Ich lag wie festgetackert auf meinem Stammplatz vor der Tür. Vor Müdigkeit fielen mir dann doch irgendwann die Augen zu. Plötzlich hörte ich ein mir bekanntes Motorengeräusch. Das kenne ich doch. Ich war hellwach. So schnell ich konnte, lief ich zu Frauchen, um sie zu wecken. Bevor sich der Schlüssel in der Tür drehen konnte, stand ich stramm. „Frauchen komm doch endlich, Tina kommt nach Hause, beeil dich doch und trödel nicht so herum. Tina kommt." Die Tür flog auf und Tina kam hereingestürmt. Wir flogen uns in die Arme und Tina weinte vor Freude. Tinas Mutter meinte nur: „Werde ich auch so herzlich begrüßt?" „Aber natürlich", und schon flog Tina ihr in die Arme. Ich quetschte mich dazwischen und es gab ein Gruppenkuscheln. Es ist toll, dass wir alle wieder zusammen sind. „Ich habe euch so sehr vermisst, jetzt fahre ich so schnell nicht mehr weg." Tja, Tina, ich hoffe, Du vergisst das nicht. Meine beiden Menschen haben sich noch sehr lange unterhalten. Tina erzählte von ihren Erlebnissen aus dem Urlaub. Es war sehr spät und im Gegensatz zu Frauchen habe ich die ganze Nacht Wache geschoben. Okay, bis auf eine kurze Ausnahme, wo ich eingenickt bin. Mit dem Gefühl, mein Rudel wieder komplett zu haben, schlief ich dann schließlich glücklich ein. Jetzt war meine Welt wieder voll in Ordnung.

Es ist schön, dass wieder Ruhe und Normalität in mein Leben tritt. Tinas Urlaub ist vorbei. Sie hat jetzt zwar wieder weniger Zeit für mich, aber ich bin mir sicher, dass sie uns jeden Abend besuchen kommt. Da jetzt Winter ist, geht sie bestimmt auch nicht mehr tauchen und Frauchen entspannt sich endlich wieder. Das dachte ich jedenfalls, wieder weit gefehlt.

Eines Abends kam Tina vorbei und hatte schon wieeeder diesen Koffer dabei. Tina, was soll das? Du kannst mich doch nicht schon wieder alleine lassen. Tina streichelte mir über meinen Kopf und sagte: „Dina, ich gehe nur tauchen und komme später wieder. Ich bin in drei bis vier Stunden wieder da." Ist ja schön, dass sie mir alles erzählt, aber mit ihren Zeitangaben kann ich nicht wirklich viel anfangen.

Irgendwann kam sie dann wirklich wieder und ich gewöhnte mich an den Anblick des Koffers. Als es wieder Sommer wurde, sagte Tina eines Tages: „Dina, ich gehe nur tauchen und komme wieder, bevor es dunkel wird." Supiiiii, das ist doch eine Zeitangabe, mit der ich etwas anfangen kann. Ich freute mich wie Bolle und Tina gewöhnte sich an, mir die Zeit in Hell oder Dunkel aufzuteilen. Liebe Menschen, damit können wir Vierbeiner nun wirklich etwas anfangen. Wir tragen schließlich keine Uhr wie Ihr. Auch wenn wir eine innere Uhr haben, die uns sagt: „Es ist Zeit für einen Spaziergang oder in der Küche nach etwas Essbarem zu suchen."

Meine Menschen sind anders als andere Frauchen und Herrchen. Bei ihnen muss an Tinas freiem Tag oder an Sonntagen nicht pünktlich immer um die gleiche Zeit das Essen auf dem Tisch stehen. Sie sind da sehr flexibel und unterwerfen sich nicht einer bestimmten Zeit. Es kommt immer darauf an, was sie gerade vorhaben. Bei mir sieht das etwas anders aus. Ich bekomme immer um die gleiche Zeit meine gut gefüllte Schüssel.

Ich bin auch wie die meisten ein „Gewohnheitstier" und brauche meinen Rhythmus. Wenigstens was das Essen betrifft. Es ist ein Graus, wenn die Uhr umgestellt wird. Es ist nicht nur für Euch Menschen schwierig. Nein, wir Tiere haben da auch so unsere Probleme mit. Was soll das überhaupt, und wer ist bloß auf diese Idee gekommen?

Tina ist auch darauf reingefallen. Frauchen hatte sonntags das Essen fertig und wer fehlte? Tina natürlich. Sie kam zwar immer auf den letzten Drücker, wie die Menschen zu sagen pflegen. Aber so spät, das war ungewöhnlich. „So, Dina, dann werden wir Tina einmal anrufen und fragen, wo sie steckt." Gesagt, getan, Frauchen ging zum Telefon und rief sie an. „Hallo Tina, was machst du gerade, hast du Lust zum Essen herüber zu kommen?" „Oh, hey Mama, es ist doch noch eine halbe Stunde Zeit. Bist heute aber früh dran." „Och Tina, das ist Ansichtssache", erwiderte mein Frauchen. „Wenn man bedenkt, dass die Uhr umgestellt wurde und du eine halbe Stunde zu spät dran bist." Ich hörte nur einen Aufschrei am anderen Ende der Leitung und kurze Zeit später stand Tina vor uns. „Mama, es tut mir so leid. Habe vergessen, meine Uhr umzustellen. Sei mir bitte nicht böse!" „Böse nicht, aber das Essen ist jetzt etwas verbrutzelt." Na ja, liebe Menschen, wie war das mit dem Gewohnheitstier? Wo kommt dieser Spruch wohl her?

Okay, mein Frauchen hatte Schwierigkeiten auch mich umzustellen. Liebe Menschen, das kostet Nerven. Wer hat da den längeren Atem? Mensch oder Tier, wer erzieht hier wen? Liebe Kumpels, lasst es Euch gesagt sein: Menschen lernen schnell und sind sehr gehorsame Zuhörer. Da kommt Ihr auch ganz ohne Leckerchen aus. Aber sie lassen sich auch gerne von uns um den Finger wickeln. Nicht, dass wir das ab und zu ausnutzen würden. Nein nieeeemals, so denken wir nicht.

Liebe Hundekumpels, hier in kleines Beispiel, wie man Menschen erziehen kann. Es war Zeit für mein Mittagessen. Ich saß vor Frauchen und fixierte sie mit meinem Blick. Sie reagierte zuerst nicht und daher änderte ich meine Taktik. Mein Kopf platzierte sich auf ihrem Bein und nach kurzer Zeit folgte meine Pfote. Um das Ganze noch zu unterstreichen, winselte ich noch. Das habe ich ja schon in einem anderen Kapitel beschrieben, aber es macht immer wieder Spaß zu sehen, wie gut es funktioniert. Frauchen wird aufmerksam und sieht auf die Uhr.

„Dina, es ist noch ein wenig zu früh für dein Essen." Aber Frauchen, das muss erst einmal warm gemacht werden und Du musst es erst noch anrichten. Also peste ich in Richtung Küche. Ich wusste ja, dass Frauchen mir folgen würde, um zu sehen, was ich da wieder anstelle. Ich setzte mich mit einem Heiligenschein, der sich über meinem Kopf bildete, vor den Herd. Ich stelle doch nieeeemals etwas an!!! Ich doch nicht. Wie kommst Du nur auf soooo eine Idee?

Also, wann gibt es Essen und vor allen Dingen, was gibt es? Frauchen kocht meistens frisch für mich. Ich bin mit der Zeit ein Feinschmecker geworden, was bei Frauchens Kochkünsten kein Wunder ist. Es ist zwar hundegerecht, aber trotzdem sehr, sehr lecker!!!! Vor allen Dingen liebe ich Gemüse. Das Ganze dann noch mit Reis, Brühe und Hühnchen oder Innereien geschmückt, ist immer das Tollste für mich. Ab und zu gibt es auch Pansen. Einmal hat Frauchen grünen Pansen gekauft. Tina kam in die Küche und ihr Gesicht nahm in kürzester Zeit dieselbe grüne Farbe an. „Ist dir nicht gut Kind?", wollte ihre Mutter wissen.

Egal, mir muss es schmecken. Da aber gehen die Meinungen der Menschen sehr auseinander. Einer sagt: „Nur Trockenfutter ist das Beste für den Hund." Der Nächste ist der Meinung: „Im Dosenfutter ist alles drin, was der Hund braucht." Wiederum sind einige der Meinung, wir stammen von den Wölfen ab und sind pure Fleischfresser und das am besten roh.

Liebe Menschen, ich bin kein Experte, sondern nur ein Feinschmecker mit einem sensiblen Gaumen. Da ich auf der Straße gelebt habe, bin ich froh, dass ich um mein Futter nicht mehr kämpfen muss und nicht mehr in der Angst lebe, ob und wann es das nächste Mal etwas zu essen gibt. Es liegt also ganz in Eurem Ermessen, was Ihr uns füttert. Hauptsache wir bekommen alle genug zu essen, es ist artgerecht und es sind in jedem Fall auch Hundesüßigkeiten dabei. Die dürfen auf keinen Fall fehlen!!!!! Njammiiiiii.

Für wie blöd haltet Ihr uns???

Tina kam uns besuchen und hatte eine tolle Idee. „Dina, mach dich reisefertig, wir fahren schoppen." Okay, das war mal eine Maßnahme. Etwa für mich? „Ja, du hast wieder etwas Ablenkung verdient." Ohhh, es geht wieder ins Hundeparadies. Toll, ich wurde total ungeduldig. Frauchen, wo hast Du mein Autogeschirr schon wieder geparkt? Ich flitzte um die Ecke und holte meine Leine. Aber meir Geschirr blieb verschwunden. Mensch, Frauchen, gib doch endlich einmal Gummi!!!

Herrlich solche Sprüche. Ich lieeeebe sie. Also jetzt gib doch endlich Gas. Ich will mit, und ohne Geschirr darf ich bei Tina nicht mitfahren. Weißt Du doch. Unter einigen Jacken kam es dann endlich zum Vorschein. Puhhh, das war knapp. Gleich geht es los. Nur noch anziehen und wir können fahren. Wenn das doch nur so einfach gewesen wäre.

Vor lauter Aufregung bekam ich meine Beine nicht sortiert und Frauchen stand kurz vor einem Nervenzusammenbruch. „Dina, jetzt halt doch endlich mal still und hample nicht so rum." „Kind, ich bekomme dieses Kalb nicht in sein Geschirr. Du musst mir bitte einmal helfen." „Klar mach ich, Mama, du legst das Geschirr ausgebreitet auf den Boden und Dina steigt ein. Dann ziehst du es hoch und brauchst nur noch die Verschlüsse ineinander zu stecken und Hundi ist reisefertig."

Tina zeigte ihrer Mutter, was sie mir beigebracht hat. Sie legte das Geschirr auf den Boden und dann kam mein Part. „So, Dina, jetzt mit der linken Pfote ins Geschirr steigen." Pflichtbewusst habe ich auf Tina gehört. Es ging ja schließlich zum Schoppen. „So, Mama, jetzt musst du nur noch das Geschirr hochziehen und schließen. Das ist alles. Dina hilft dir dabei, sie weiß , was zu tun ist. Die ist schlau." Hallo Menschen, das will ich aber auch gemeint haben.

Soooo, können wir jetzt endlich faaaahren? Dass manche Menschen immer so umständlich sein müssen. Wir Hunde sind schon längst fertig, da trödeln unsere Frauchen immer noch herum. Es muss ja noch alles kontrolliert werden!! Ist der Herd aus, brennt keine Kerze mehr, habe ich die Zigarette ausgedrückt, sind die Fenster und Türen auch alle zu und zum Schluss kommt dann auch noch, habe ich das Bügeleisen ausgemacht?

Liebe Hundekumpels, kennen wir das nicht alle? Es wird alles zwei bis dreimal kontrolliert. Was dann allerdings nicht bedeutet, dass nicht in den ersten zwei Minuten unserer Autofahrt immer die gleiche Frage gestellt wird: „Kind, habe ich auch wirklich alles aus und zu?" „Ja, Mama, ich habe nachgesehen. Wir können beruhigt weiterfahren." Na endlich, ich bin schon ungeduldig genug. Im Geschäft angekommen sahen wir uns erst einmal um. Ich hätte wieder alles kaufen können.

Tina suchte, nach etwas Bestimmten. Durch meine Größe und mein Alter bedingt suchte Tina etwas, was meine Gelenke entlastet, mich aber geistig fordert. Sie kam mit einem Karton um die Ecke und freute sich riesig. „Guck mal Mama, was ich für Dina gefunden habe. Da muss sie ihren Grips anstrengen und bekommt sofort eine Belohnung dafür. Jetzt fehlen nur noch die passenden Leckerchen dazu."

Au fein, was zum Spielen, und ich bekomme sofort was zu essen. Das hört sich toll an und ich bin schon total gespannt. Wir kauften wieder tolle Sachen für mich. Frauchen meinte auf einmal: „Tina, es wird Zeit, wir müssen nach Hause, weil unser Besuch gleich kommt." „Dein Besuch", erwiderte Tina, und plötzlich veränderte sich ihre Energie. „Ja, Kind, aber du kannst mich nicht alleine lassen. Das kannst du mir nicht antun!" Ich wurde hellhörig und war auf den Besuch gespannt. Je näher wir unserem Zuhause kamen, desto angespannter wurde Tina. Was war los und wer kam zu Besuch?

Ich sollte es kurze Zeit später erfahren. Es klingelte und ein Mann kam zur Tür herein. Tina gefror zu Eis, was ihre Miene auch ausdrückte. Ein Mann betrat unser Haus und Tina war angespannt wie ein Flitzebogen. Was sollte das? Jetzt war mein Instinkt gefragt. Ich wollte Tina schützen und die Situation überblicken. Was wollte dieser Mensch?

Seine Energie war sehr abweisend und ich konnte Tina verstehen. Wir waren beide angespannt und ließen ihn nicht aus den Augen. Er begrüßte mein Frauchen überschwänglich und Tina stand auf dem Sprung, um jederzeit einschreiten zu können. Tina reichte ihm ihre Hand zur Begrüßung, und als er näherkommen wollte, wich sie zurück.

Spätestens jetzt war es an der Zeit einzuschreiten. Ich stellte mich vor meine beiden Frauen. Für mich war der Spaß vorbei. Dieser Mensch ignorierte meinen Auftritt und fasste mich doch tatsächlich an!!! Liebe Kumpels, das müsst Ihr Euch einmal reinziehen. So etwas geht doch überhaupt nicht. Hat dieser Mensch mich doch total ignoriert. Okay, ich kann auch anders. Spätestens nach dem Satz: „Na, was bist du denn für ein Fiffi?" Ihr könnt Euch meine Empörung vorstellen. Ich bin ein großer Wachhund und kein kleiner Fiffi!!!! An alle meine kleinen Kumpels da draußen, das soll keine Diskriminierung sein. Aber mich so zu betiteln ist eine Frechheit, da platzte mir der Kragen.

Er beugte sich zu mir hinunter, was nicht weit war, denn für einen Mann, war er sehr klein. „Na, kann das Hundi auch Pfötchen geben?" So, jetzt reicht es. Hundi darf nur Tina zu mir sagen, aber nicht dieser Mensch. Er hielt mir seine linke Hand hin und ich platzierte meine linke Pfote mit sehr viel Schwung in dieser. Sein ganzer Körper gab nach. Damit hatte er nicht gerechnet. Ich mag diesen Kerl einfach nicht und kann Tinas Reaktion voll verstehen.

„Der Hund ist ja zu blöd und kann noch nicht einmal die schöne Pfote geben." Ohhhhh, jetzt wird es gefährlich. Tina baute sich vor ihm auf und meinte nur: „Das kommt immer auf den Menschen an, der vor ihr steht." Au Backe, das war hart. So kenne ich Tina nicht. Irgendetwas stimmte mit diesem Mann nicht.

Tina meinte nur: „Gib ihr die schöne Hand, dann bekommst du auch die schöne Pfote." Er lachte nur hämisch und äußerte sich: „Das ist doch nur ein Hund, dem willst du doch keine Intelligenz zutrauen." Grrrrrrrr, es reicht!!! Mit voller Wucht schlug ich ihm meine „schöne Pfote" in sein Händchen. Er wechselte die Farbe und wunderte sich über meine Kraft. Junge, reiz mich nicht noch mehr!!! Dein Guthabenkonto bei mir ist aufgebraucht.

Wie kann ein Mensch nur so dumm und arrogant sein und uns Tieren jede Intelligenz absprechen? Es ging aber noch weiter. Frauchen hatte Kuchen gekauft und sie ging in die Küche, um Kaffee aufzubrühen. Tina deckte den Tisch und ließ den Besuch nicht aus den Augen. Frauchen war sicher in der Küche, um sie machte ich mir keine Sorgen. Aber Tina fühlte sich immer unwohler in ihrer Haut.

Sie mochte diesen Mann überhaupt nicht und was noch erschwerend dazukam, er kam meinem Frauchen zu nahe. Tina war allarmiert und passte auf. Als alle am Tisch saßen, hob Tina ihre Hand, um mir zu zeigen, dass ich mich hinlegen sollte. Was ich als vorbildlich und gut erzogener Hund natürlich sofort in die Tat umsetzte.

Er nahm ein Stück Kuchen von seinem Teller und lockte mich damit. Ich darf keinen Kuchen essen. Ich setzte mich hin und sah Frauchen an, ob das seine Richtigkeit hatte. Tina rief: „Dina, Platz." Ich legte mich wieder und er lockte mich weiter. Tina explodierte und rief: „Meine Mutter hat es verboten. Dina darf keinen Kuchen bekommen." „Och, das kleine Stück macht doch nichts", sagte der Besuch. Es ging Tina aber nicht darum, dass sie mir das Stück Kuchen nicht gönnte, sondern um die Autorität ihrer Mutter. „Wenn meine Mutter nein sagt, dann ist es ihr Wort, das hier gilt." Er grinste wieder hämisch und meinte nur: „Ja ja, das Wort einer Frau." Okay, jetzt ist Schluss. Das war zu viel. Tina klärte ihn darüber auf, dass mein Frauchen das Sagen habe und er habe das zu akzeptieren. Ob ihm das passt oder nicht. Das ist Fakt und da gibt es keine Diskussion.

Ich traute meinen Ohren nicht, als er sagte: „Hier fehlt ein Mann im Haus, der das Sagen hat. Da wäre das Thema Autorität ganz schnell geklärt." Oh, jetzt weiß ich, warum Tina die ganze Zeit auf der Hut war. Es gibt Männer, die ihre Komplexe hinter autoritärem Auftreten verstecken müssen, andere unterdrücken, um sich selbst besser zu fühlen. Ich dachte immer, solche Menschen lassen das immer nur an uns Tieren aus. Aber heute bin ich eines Besseren belehrt worden.

Tina hat da schon selber schlechte Erfahrungen machen müssen. Jetzt kann ich ihre Abneigung gegen diesen Menschen auch verstehen. Wir waren alle drei sehr froh, als er endlich nach Hause fuhr. Er verabschiedete sich mit den Worten: „Überlegt einmal, ob nicht ein Mann im Haus besser wäre." Tina lachte und meinte nur: „Wir sind ein Drei-Mädel-Haus und daran wird sich nichts ändern. Wir haben volle Frauenpower, da kommt kein Mann mit." Und als er aus der Tür war, sagte sie laut zu ihrer Mutter: „Die Zeit, in der die Frauen an den Haaren in die Höhle geschleift wurden, ist zum Glück schon etwas länger vorbei. Aber vielleicht hat er ja Glück und findet noch so ein Exemplar." Frauchen spielte die Entsetzte, unterdrückte ihr Lachen und sagte nur gespielt vorwurfsvoll, aber mit einem Zwinkern: „Aber Tina."

Tina blickte ihre Mutter mit ganz unschuldigen Augen an und brüllte vor Lachen. Die ganze Anspannung des Tages fiel von ihr ab. Frauchen lachte total entspannt mit und ich hüpfte vor Freude hoch. „Stell dir vor, Mama, der wollte sich doch bei dir ins gemachte Nest setzen, den Pascha spielen und sich von dir bedienen lassen. So ein Prachtexemplar hat uns gerade noch gefehlt. So einer zieht nicht in unser Haus ein. Soll er doch woanders Unterschlupf suchen."

Das Fazit des Tages war: Wir brauchen alle drei keinen Mann, der meint, uns sagen zu müssen, was wir zu tun und zu lassen haben. Wir können und werden unser Leben selber bestimmen.

Liebe Hundekumpels, Ihr habt bestimmt schon andere Erfahrungen gemacht. Es gibt tolle Herrchen, gar keine Frage. Auf unseren gemeinsamen Spaziergängen habe ich einige kennengelernt. Mein bester Kumpel hat auch tolle Herrchen. Die mag ich beide sehr gerne und ich vertraue ihnen auch. Aber für mich ist die Konstellation mit meinen beiden Frauen sehr toll. Durch unsere schlechten Erfahrungen, die wir gemacht haben, sind wir sehr vorsichtig geworden. Deshalb passen wir auch so gut zusammen.

So kann ich auch meiner Aufgabe nachgehen, mit der ich zu meinen lieben Menschen gesandt worden bin. Ohne dass ich durch irgendwelche äußeren Einflüsse davon abgehalten werde. So können wir gemeinsam unsere Vergangenheit auflösen und positiv in eine wundervolle Zukunft sehen. Das haben meine beiden Frauchen verdient. Das, und noch viel mehr. Ach ja, und ich übrigens auch!

Ich war's nicht

Die Aufregung des letzten Tages hatte sich gelegt und es kehrte wieder Ruhe bei uns ein. Es ist so schön friedlich mit uns Dreien. Obwohl, wenn Tina und ich aufdrehen, geht es über Tische, Bänke und Stühle. Frauchen geht öfter dazwischen, wenn es ihr zuviel wird. Übrigens, da fällt mir gerade ein, Tina hat mir doch etwas zu spielen gekauft. Ich bin ja nicht neugierig, neiiiiin, aber ich will endlich wissen, was sich in diesem Karton befindet. Tina holte Leckerchen, den Karton und setzte sich zu mir auf den Boden. Das ist genial, da kann ich sie auf Augenhöhe anstupsen, wenn sie mich wieder veräppelt oder auslacht. Späße sind ja wirklich toll, aber nicht auf meine Kosten. Da reagiere ich sofort drauf.

Tina packte mein Spielzeug aus und probierte direkt, wie es funktioniert. Es war ein Holzbrett, welches schräg aufgebaut wurde. Oben waren vier Öffnungen für kleine runde Kekse und an der Seite noch eine weitere. Auf dem Brett selber befinden sich bunte, große Holzkugeln.

Tina füllte die Kekse in die Öffnungen. Jetzt kam mein Part. Wie komme ich an diese Kekse? Tina zeigte es mir, und da ich ja schlau bin, probiere ich es auch direkt aus. Ich kam sehr schnell dahinter, dass ich die Knöpfe mit meiner Nase nur nach oben schieben muss. Hey Leute, wir sind doch nicht schwer von Begriff. Ein bisschen komplizierter kann unser Spielzeug schon gestaltet werden. Ich hab's kapiert. Das ist doch totaaaal easy.

Ich schiebe also einen der Holzknöpfe mit meiner Nase nach oben, sehe den Keks und fange an zu schielen. Aber was ist das? Als ich danach schnappen will, ist er wieder weg. Hey, was ist das denn für ein blödes Spiel. Ich muss den Knopf loslassen, um den Keks zu bekommen. Ich setzte mich vor das Brett und überlegte. Ja, das können wir auch.

Ich kam zu dem Ergebnis, dass ich nur viel schneller sein muss. Also, sobald ich meinen Kopf hebe, muss ich schon nach dem Keks schnappen. Gesagt, getan. Es funktionierte nicht. Mensch, Tina, was soll der Scheiß? Willst Du mich ärgern? Ich sah Tina ins Gesicht. Sie war puderrot und ihr liefen die Tränen über ihre Wangen. Das passiert nur, wenn sie kurz vor einem Lachflash steht und nicht laut Lachen will oder kann. Ich sah sie ungläubig an, machte sie sich wirklich über mich lustig???

Das ist doch die Höhe. Na warte, das bekommst Du wieder. Tina konnte sich nicht mehr beherrschen und prustete los: „Dina, deine Mimik ist wirklich klasse, so einfallslos habe ich dich selten gesehen." Sie lachte und konnte sich nicht mehr beruhigen. Jetzt reicht's. Ich sprang auf Tina und sie fiel hinten über. Jetzt habe ich sie da, wo ich will. Ich legte mich auf sie drauf und leckte ihr das Gesicht ab.

Ich weiß, wie sehr sie das hasst. „Hau ab, du Ferkel, und geh endlich von mir herunter, du Plumeau." Von wegen, ich höre noch lange nicht auf, im Gegenteil, ich fange gerade erst an. Tina quietschte: „Mama, Hilfe, Dina schleckt mich ab und geht nicht von mir runter." Frauchen war durch den Lärm, den wir verursachten, schon alarmiert und kam aus der Küche.

Sie sah das Gewusel und die wilde Rauferei, in die wir verwickelt waren. „Tina, jetzt hör endlich auf und lass Dina in Ruhe. Du kannst sie doch nicht immer abschlecken!!" „Heh, ich hab doch nichts gemacht, ich hab nicht angefangen, sie war's." Tina und ich sahen uns ziemlich verwirrt an. „Mama, ich hab Dina nicht abgeschleckt. Wie kommst du auf so eine Idee?"

„Ach, ich meine natürlich, Dina. Ihr beide treibt mich noch in den Wahnsinn. Hört beide auf, dann habe ich die Richtige erwischt." Kaum drehte Frauchen uns den Rücken zu, stupste mich Tina wieder an und es ging von vorne los. Tina beschäftigte sich mit meinem Spielzeug. Den Holzknopf, der sich unten befand, musste ich nur zur Seite schieben. Nachdem ich das einige Male gesehen hatte, musste ich Tina aufklären, dass es auch anders ging. Ich schlug mit meiner Pfote gegen den Knopf und die Kekse purzelten nur so durchs Zimmer. Wie sollte es anders sein, ein Teil davon kugelte unter den Schrank, wo ich natürlich nicht hinkam. „Na, kurze Arme, keine Kekse?", wollte Tina wissen.

Frauchen betrat das Wohnzimmer und rief: „Aufhören, Essen ist fertig." Wir stürmten alle beide zum Tisch. Was gibt es denn Leckeres? Ich ließ den Blick über den Tisch schweifen und mir lief wie immer das Wasser in meiner Schnauze zusammen. Ich traute meinen Augen kaum und wie das wieder roch. Es gab Frikadellen, Nudeln, Soße und Salat.

Okay, das Grünfutter ist für Frauchen gedacht, die Nudeln sind für Tina und der Rest ist für mich. Hmmm, Frikadellen die schmecken soooo toll. Ich musste wieder Platz machen und waaaarten, bis die beiden fertig waren. Ich bekam auch eine kleine Portion. Die war schnell inhaliert und ich wollte mehr. Frauchen hielt mir ihre offenen Hände hin und sagte: „Alle alle, es ist nichts mehr da." Ich ließ meinen Blick ein weiteres Mal über den Tisch schweifen und sah immer noch leckere Sachen dort stehen. Tina lachte und meinte: „Mama, für wie blöd hältst du Dina eigentlich? Sie sieht doch, was auf dem Tisch steht." Ja genau, Frauchen. Ich bin doch nicht blöd!!

„Nein, jetzt ist es genug, du hast jetzt genug genascht und noch eins, nach dem Essen wird nicht getobt. Das gilt für euch beide." Okay Frauchen, ist ja schon gut. Hinter ihrem Rücken, warfen Tina und ich uns einen vielsagenden Blick zu. Wir schmiedeten schon Pläne, was wir alles nach unserer kurzen Ruhepause noch anstellen könnten. In Tina habe ich eine Verbündete gefunden. Die ist immer für jeden Spaß zu haben.

Natürlich ging es nach dem Essen weiter. Aber wirklich etwas ruhiger, da Frauchen meinte, mir könnte sich der Magen umdrehen. Keine wirklich schöne Vorstellung. Aber Tina und ich können uns auch so miteinander beschäftigen, ohne dass es immer heiß hergeht. Ihr fallen auch immer tolle Sachen ein, wo es leise zugeht. Sachen verstecken zum Beispiel. Das macht Riesenspaß.

Vor allem ist Tina beschäftigt und kommt nicht auf irgendeine Idee, die mich wieder zur Lachnummer werden lässt. Durch meine Tollpatschigkeit renne ich nämlich öfter gegen Türen, wenn ich es eilig habe oder die Kurve nicht bekomme. Und ich kann es überhaupt nicht leiden, wenn Tina mich auslacht.

Ich finde es Schade, dass wir Tiere nicht so wirklich lachen können. Aber dafür können wir es mit anderen Emotion ausdrücken. Uns fallen auch immer tolle Sachen ein, womit wir es schaffen, auch die Menschen nicht wirklich sehr intelligent aussehen zu lassen, wenn sie auf unsere Späße hereinfallen. Aber das macht unser Zusammenleben so spannend und interessant.

Es bereitet mir wirklich sehr viel Freude, wenn mir meine beiden Frauen auf den Leim gehen, wie die Menschen immer zu sagen pflegen. Tina kennt mich zu gut, da klappt das selten. Aber Frauchen ist zu gutgläubig, als dass sie mir zutrauen würde, ihr Streiche zu spielen. Sie tut mir doch manchmal ein bisschen leid. Aber sie lernt es einfach nicht. Es ist ja auch nicht so, dass ich das ausnutzen würde. Nein, nieeeemals. Auf so eine Idee würde ich doch nicht kommen. Ich doch nicht!

Geht's noch?

Was soll das? Ich bin total empört!! Es ist ja nicht so, als ob ich nicht genug Spielzeug habe. Aber, ich habe einen Kuschelhund, den ich durch die ganze Wohnung trage. Er ist immer und überall dabei. Er gibt mir das Gefühl von Geborgenheit, wenn mein Frauchen einmal alleine weg muss. Sie hat ja auch schon mal Termine, wo ich nicht dabei sein kann. Oder im Sommer geht sie auch ab und zu im Ort einkaufen. Wenn es zu heiß ist, lässt mich dann lieber zu Hause.

Bin dann ganz stolz, weil ich die Aufgabe bekomme, Wache zu halten und das Haus zu beschützen. Das ist eine sehr verantwortungsvolle Aufgabe. Die ich auch sehr gewissenhaft ausführe. Dann kommt Benny mit ins Spiel. Benny ist mein Lieblingsstoffhund. Er ist nicht gerade klein und Tina meint, er sieht aus wie ein Labrador.

Okay, liebe Hundekumpels. Da kann man jetzt geteilter Meinung sein. Also, Benny liegt schon auf Frauchens Bett, welches natürlich mt einer Tagesdecke geschützt ist. Alles klar. Ist tagsüber auch in Ordnung. Das ist bequem und gemütlich.

Sobald Frauchen das Haus verlässt, schleiche ich mich in das Badezimmer, wo sie ihre Sachen, die sie vorher getragen hat, immer hinlegt. Die Türen stehen immer offen, da sie mir auf die Schliche gekommen ist, dass ich mich sowieso frei im Haus bewegen kann. Ich habe die richtige Größe und verschaffe mir immer und überall Zugang. Im Badezimmer hole ich mir dann einen Pullover, der nach ihr riecht, und lege mich damit zu Benny aufs Bett. So habe ich nie das Gefühl, alleine zu sein.

Nicht, dass Sie mich jetzt falsch verstehen, ich fühle mich nicht einsam und ein anderer Hund hätte keine Chance neben mir. Ich bin, auch wenn das viele Menschen bestreiten, dass Hunde solche Gefühle haben können, sehr eifersüchtig und dulde keine fremden Götter neben mir, wie die Menschen immer zu sagen pflegen. Ich muss immer im Mittelpunkt stehen. Bei meiner Größe bin ich auch nicht zu übersehen und das ist auch gut so. Aber ich schweife schon wieder vom eigentlichen Thema ab.

Ich liege also mit Frauchens Pulli und meinem Benny, auf ihrem Bett und genieße die Ruhe. Kurze Zeit später schlafe ich dann meistens ein. Die Menschen finden es ein Phänomen, dass wir so tief schlafen können und doch alles mitbekommen. Liebe Anhänger meiner Spezies, lasst es Euch gesagt sein, die Menschen beneiden uns um diese Fähigkeit.

Ich schlafe tief und fest, aber sobald Frauchen nach Hause kommt, stehe ich schon an der Tür. Ich muss ja schließlich überwachen, was sie so alles eingekauft hat. Ich parke also mitten im Weg, damit sie mich auch bemerkt. Was natürlich total überflüssig ist. Ich freue mich wie Bolle und springe wild umher.

„Ja, du hast wieder so fein aufgepasst, jetzt hast du dir eine Wurst verdient." Ohhhhh, wie ich diesen Satz liebe. Frauchen hat so ein komisches Gefährt auf zwei Rädern dabei und was da alles reinpasst. Es ist die wahre Freude. Bevor Frauchen die Wurst suchen kann, ist mein ganzer Kopf in diesem Gefährt verschwunden. Hey Frauchen, darf ich alles behalten, was ich finde?

Frauchen hatte alle Mühe, meinen Kopf aus diesem fahrbaren Untersatz zu bekommen, ohne dass ich mir schon etwas Leckeres daraus geangelt habe. „Dina, lass Frauchen einmal dran, ich habe dir auch etwas Leckeres mitgebracht. Nur für dich!!" Okay, das war ein Angebot, dem ich nicht widerstehen konnte.

Ich bekam meine Wurst und verzog mich damit ins Wohnzimmer, um sie genüsslich zu mampfen. Das Hundeleben kann doch sooooo schön sein. Nachdem Frauchen etwas gegessen hatte, ruhte sie sich erst einmal aus und hielt Siesta, wie sie es so gerne nennt.

Was danach kam, ging über meinen Hundeverstand hinaus. Sie nahm „meinen Benry" und stopfte ihn in die Waschmaschine. Hallo, Frauchen, geht's noch? Was soll der Scheiß? Ich will meinen alten Benny wieder zurück!!! Frauchen meinte nur: „Dina, der ist reif für die Wäsche, genau wie deine anderen Sachen. Die sind heute Abend wieder trocken." Ja, Frauchen, und was habe ich davon?

Da fällt mir allerdings ein, wenn er frisch gewaschen ist, duftet er so herrlich. Da ich ja ein Mädchen bin und auf solch einen Kram abfahre, wieder ein Spruch unserer lieben Zweibeiner, bin ich besänftigt. Was dann kam, brachte mich um meinen Verstand.

Frauchen sah sich Benny an und meinte: „Oh, Dina, der ist ja kaputt und muss erst einmal genäht werden. Es ist viel zu gefährlich für dich, du kannst ja den Inhalt verschlucken." Ja super, dann flick ihn halt wieder zusammen. So schwer kann das doch nicht sein. Aber sie legte Benny ganz oben auf den Schrank, wo selbst ich nicht dran kam.

Frauchen, das ist jetzt nicht dein Ernst. Das kannst du mir doch nicht antun. Na warte ab, wenn Tina nach Hause kommt. Die näht ihn bestimmt. Gesagt, getan, Tina kam abends von der Arbeit und ich freute mich wie immer. Frauchen machte ihr etwas zu essen und ich fixierte sie die ganze Zeit mit meinem Blick. Ich bekam natürlich etwas ab, legte mich aber nicht wie sonst neben sie auf meine Couch.

Ja, Sie haben richtig gehört. Ich habe eine eigene Couch. Ist ja auch das Wenigste. Etwas Luxus braucht der Hund. Es ist ein Zweieinhalbsitzer und gerade groß genug für mich. Ich saß also vor Tina und trat unruhig von einer Pfote auf die andere. Ich hörte nur ein ärgerliches: „Dina, jetzt gib doch endlich einmal Frieden, Tina hat den ganzen Tag gearbeitet und ist müde."

Okay, dann eben auf die harte Tour. Ich setzte mich vor den Schrank, auf dem Benny lag, und fixierte ihn mit meinem Blick. Ab und zu sah ich zu Tina rüber. Ich weiß ja, wie sie tickt, und hatte natürlich Erfolg mit meiner Methode. Sie tut eben alles für mich. Sie sah Benny da oben liegen und wusste direkt Bescheid. Das Nähzeug lag in dem Schrank und Tina holte es heraus.

Ihre Mutter war aber der Meinung: „Tina, lass es doch sein, du bist doch müde und Dina kann auch mal warten." Bitte was höre ich da gerade? Ich soll warten? Tina antwortete nur: „Mama, du weißt, wie ähnlich Dina und ich uns sind. Geduld ist unsere Schwachstelle, da kommst du nicht gegen an. Guck doch, wie sie guckt." Ich legte meinen treuesten und mitleidigsten Blick, den ich auf Lager hatte, an den Tag. Frauchen konnte uns beiden eben nicht widerstehen und lachte.

„Na, dann gebe ich euch euren Benny eben." Okay, ein Stuhl hätte es auch getan, aber so ist es einfacher. Tina ist halt nicht die Größte. Was natürlich nur auf ihre Körpergröße zutrifft. Meiner Meinung nach. Tina nähte meinen Hund und ich war wieder zufrieden. Mit Tina, die auch auf meine Couch durfte, und Benny, den ich zwischen meinen Pfoten platziert habe, schlief ich glücklich und zufrieden ein.

Das ist ein Rudel, wo jeder für jeden sorgt und darauf achtet, dass es allen gut geht. Ich kann mich wirklich glücklich schätzen, solche Menschen getroffen zu haben.

Fein, ich werde gebraucht

Meine beiden Menschen machten sich startklar. Dann ging es los: „Wo ist Dinas Leine und das Halsband?", wollte Tina wissen. Ich lief los und suchte alles. Da ich ja weiß, dass die meisten Menschen Gewohnheitstiere sind, brauchte ich nicht lange zu suchen. Aber wo war mein Geschirr fürs Auto?

Okay, ich begriff sehr schnell, dass wir zu Fuß gingen. Frauchen packte ihren fahrbaren Untersatz und wir wollten gerade los, da rief Tina: „Dina ist noch nicht fertig." Aber wieso, ich habe doch alles, was ich brauche. „Dina, ich habe da was für dich, mal sehen, ob es passt." Ich bin gewachsen und sehr breit geworden, natürlich sind das alles nur Muskeln, aber ich habe einen ordentlichen Umfang bekommen.

Tina kam mit etwas um die Ecke und legte es mir über meinen Rücken. Tina, was soll das? Ich bin kein Pferd und brauche auch keinen Sattel. Frauchen wollte wissen, was sie damit anfangen soll. „Ist doch ganz einfach, wenn ihr einkaufen geht, packst du etwas Leichtes in die Taschen. So kann Dina auch etwas tragen, ohne es unterwegs direkt aufzufuttern." „Au ja, super Idee. Dina, dann kannst du Frauchen helfen und arbeiten." Arbeiten hört sich toll an. Bin mal gespannt, was ich tragen soll. Wenn da eine

Wurst hineinkommt, übernehme ich keine Verantwortung. Wir gingen durch den Ort zu einem kleinen Geschäft, um einzukaufen. Ich setzte mich geduldig vor dir Tür, bis meine beiden Menschen fertig waren mit shoppen.

So und was ist mit mir? Wir gingen noch ein kleines Stück weiter und hielten vor einer Bäckerei an. Tina holte Brötchen und packte sie in meine Satteltaschen. Ich war stolz wie Oskar und trug meinen Schatz nach Hause. Ich durfte endlich auch mithelfen.

Genau das, was ich brauche. Das Gefühl, wichtig zu sein und meine Menschen unterstützen zu können.

Von dem Tag an ging mein Frauchen öfter mit mir einkaufen. Es kamen die unterschiedlichsten Sachen in meine Taschen. Mal war es eine Zeitung, mal ein paar Brötchen oder einige andere leichte Sachen. Es war richtig spaßig. Wir waren wieder zu dritt unterwegs und Tina nahm mir meine Taschen ab. Da wusste ich schon, was kommt.

Es standen auf dem Weg ein paar Hecken, an denen ich mich so schön schubbern konnte. Wenn sie richtig kurz geschnitten sind, stehen überall kleine Äste ab. Liebe Hundekumpels, was soll ich Euch sagen. Ihr kennt bestimmt alle das Gefühl, wenn Ihr an so einer Hecke vorbeistreifen könnt. Was für eine tolle Massage. Ich war wieder im Hundeparadies. Es gibt fast nicht Schöneres, als so eine Hecke. Ich schloss meine Augen, um dieses Gefühl mit jeder Faser meines Seins zu genießen. Ich öffnete kurz meine Augen und das Letzte, was ich sah, waren Tinas Augen, die sich vor Schreck weiteten. Ja, Tina, da guckst Du, ne. Was für ein Genuss. Ich hätte noch X Mal an dieser Hecke vorbeistreifen können. Es war soooo schön.

Auf einmal gab es einen lauten Knall und ich saß schneller auf meinem Hinterteil, als ich gucken konnte. Meine Augen standen quer und mir dröhnte der Schädel, als ob sich ein ganzer Bienenstock in meinem Kopf verirrt hätte. Ihr wollt jetzt bestimmt wissen, was passiert ist.

Kann ich Euch sagen, Tinas erstaunte Augen sahen schon den Laternenmast, der es sich mitten in der Hecke bequem gemacht hat. Ich donnerte mit vollem Karacho, wie die Menschen jetzt sagen würden, gegen eben diesen Mast. Ich hörte alle Engelchen singen und die Sterne, die meinen Kopf umkreisten, waren auch nicht zu verachten.

Zusätzlich zwitscherte auch noch ein ganzer Vogelschwarm um mich herum. Vorsichtig schüttelte ich meinen Kopf, um all diese lieben Geschöpfe wieder loszuwerden. Ich sah Tina ins Gesicht und war fassungslos. Sie hatte wieder diese ungesunde rote Gesichtsfarbe, welche mir sagen sollte: „Wenn ich jetzt nicht lache, explodiere ich." Genau das passierte in diesem Augenblick.

Tina kippte gegen die Hecke und hielt sich wieder den Bauch vor Lachen. Sie brüllte und konnte sich nicht mehr beruhigen. Hey, Frauchen, Du kannst ruhig mitlachen. Bin sowieso schon eingeschnappt. Pah, lachen die mich einfach aus.

Wisst Ihr eigentlich, wie weh das eben getan hat? Das gibt bestimmt eine dicke Beule. Okay, ich habe nicht nur einen sturen, sondern einen sehr harten Schädel. Zum Glück sind nur meine Gehirnwindungen etwas aus der Bahn geworfen worden.

Mit einer dicken Wurst, die ich mir jetzt bestimmt verdient habe, und etwas Ruhe wird es mir bald wieder besser gehen. Eins lasst Euch gesagt sein: Vor diesem Laternenmast habe ich Respekt und mache seit diesem Aufeinandertreffen einen großen Bogen darum. Die Hecke gehört aber immer noch zu meinen Lieblingsplätzen, wenn ich mich wieder mal so richtig schubbern will. Es ist einfach nur eine geniale Sache, so eine Massage. Das weckt die Lebensgeister und tut einfach nur sooooo gut. Wir wissen, wie wir es anstellen, um unser Leben so richtig und in vollen Zügen zu genießen.

Das Tollste ist aber, dass meine beiden Menschen mich brauchen. Ich unterstütze sie, wo es nur geht. Trage die „schweren" Einkäufe nach Hause, kontrolliere die Taschen nach etwas Essbarem, wenn ich zu Hause bleiben musste, und sorge im Haus für Chaos und Unordnung. Kontrolliere die Küche und verschaffe meinen Menschen sehr viel Bewegung. Spiele ihnen Streiche und parke meinen Revuekörper mitten im Weg. Ich lasse ihnen dann die Möglichkeit, über mich zu stolpern oder hinweg zu steigen. Was sie dann immer mit dem Spruch auf den Lippen „Du

Kalb, kannst du dich nicht woanders hinlegen?" unterstreichen. Klar, kann ich schon, aber das wäre ja mehr als langweilig. Ich bewache das Haus zu jeder Tages- und Nachtzeit. Seien wir mal ehrlich, Hunde schlafen doch nieeeee. Die Geräusche, ich glaube Menschen nennen es schnarchen, die wir zuweilen von uns geben, kommen nur von unserer ungünstigen Körperhaltung, die wir ab und zu einnehmen, wenn wir uns etwas entspannen wollen.

Und das Wichtigste überhaupt, wir tragen zur Unterhaltung unserer Menschen bei, wenn wir nach einem anstrengenden Tag und nach unserem wohlverdienten Schläfchen total verknautscht aus unserem Korb krabbeln und uns erst einmal orientieren müssen, weil wir nicht wissen, wo oben und unten ist. Wir sehen dann oft nicht sehr intelligent aus und rufen dadurch einen Lachanfall bei unseren Zweibeinern hervor.

Wir bringen außerdem unseren Menschen bei, wie sie uns am besten erziehen. Da wir ja sehr schnell herausgefunden haben, wie sie ticken, können wir das sehr gut zu unserem Vorteil nutzen. Wir Tiere sind sehr anpassungsfähig. Aber ein tolles Zuhause mit ganz lieben Menschen zu haben, ist einfach nur das Größte!!!

Hey, du Krümelmonster

Ich glaub das jetzt nicht. Das darf doch nicht wahr sein! Tja, jetzt möchten Sie bestimmt wissen, was passiert ist.

Ich habe Ihnen ja erzählt, dass ich mit meinem Frauchen einkaufen gehen darf. Meine Taschen werden dann oft von ihr mit Brötchen gefüllt. Die Tüten passen genau in meine Satteltaschen.

Ich stolziere dann stolz wie Oskar mit meinem Schatz durch den Ort. Oft wird mein Frauchen darauf angesprochen, was ich denn da mit mir herumtrage. Ganz wichtige Sachen. Zu Hause angekommen bekomme ich als Belohnung erst einmal ein Brötchen. Ganz frisch und lecker.

Liebe Hundekumpels, arbeiten macht doch ganz schön hungrig. Wenn mein Frauchen jetzt aber denkt, dass ich mich mit meinem Brötchen ins Wohnzimmer verziehe, hat sie sich aber getäuscht. Erst muss ich den Inhalt ihres Gefährts auf zwei Rollen untersuchen. Was hat sie alles eingekauft? Ist da was für mich dabei? Ich möchte auch etwas Leckeres für auf mein Gebäck. Vielleicht eine Scheibe Käse oder noch besser ein Stück Wurst. Die habe ich mir schließlich wieder verdient. Ich zog also mit meiner ergatterten Belohnung Richtung Wohnzimmer, ließ mich auf dem Teppichboden nieder und mampfte gierig mein Brötchen auf. So etwas Feines gibt es schließlich nicht alle Tage.

Zufrieden und „satt", ließ ich mich mit einem lauten Ächzen und Stöhnen vor dem Tisch nieder. Mein Mensch hat nämlich immer die Angewohnheit, nach dem Einkauf auch etwas zu essen. Durch den Geräuschpegel, den ich von mir gab, musste sie auf jeden Fall meine Anwesenheit mitbekommen haben.

Als nichts passierte, setzte ich mich hin und gab so ein kleines, feines Geräusch von mir. Es war so ein leises, mitleidiges Wimmern. Es funktioniert immer. Meine Hundekumpels wissen bestimmt, wovon ich spreche. Wenn Tina mit am Tisch sitzt, reicht dieses Geräusch schon aus. Frauchen ist dagegen allerdings immun. Da muss ich schon zu anderen Mitteln greifen. Ich ziehe meine Show ab und habe Erfolg damit.

Sind wir beide satt, geht es ab ins Bett zum Mittagsschlaf. Als wohlerzogener Hund lege ich mich natürlich davor. Menschen geben so eigenartige Geräusche von sich, die mir dann zeigen, Frauchen schläft, und wie die schläft. Sie bekommt überhaupt nichts mehr mit, also schleiche ich mich ganz vorsichtig ins Bett. Habe mir schließlich auch einen Mittagsschlaf verdient. Es ist ziemlich eng im Bett und ich muss mir so nach und nach Platz verschaffen. Aber so, dass mein Frauchen nicht wach wird. Wie Sie sich denken können, fällt mir das auch nicht schwer.

Bei meiner Größe und meinem Gewicht gibt die Matratze mit einigen Nebengeräuschen nach.

So, das wäre geschafft. Drinnen bin ich schon einmal, da ist alles andere ein Kinderspiel. Ich stemme meine Pfoten gegen die Wand, bis Frauchen sich im Schlaf bewegt und mir Platz macht. Es reicht mir, wenn sie vorne auf der Bettkante liegt. Platz genug für mich. Ich muss nur aufpassen, dass sie bei so einer Aktion nicht aus dem Bett plumpst.

Da könnte sie sich verletzen, oder sie könnte wach werden. Beides sind sehr schlechte Optionen für mich. Denn dann muss ich das schöne und warme Bett verlassen. Das geht überhaupt nicht. Einmal hat sie mich allerdings reingelegt. Sie hat sich schlafend gestellt und fing an zu schnarchen. Okay, jetzt kam mein Einsatz.

Ich hatte schon meine Vorderläufe im Bett und mein hinteres Bein suchte sich gerade einen Platz, wo es parken konnte. Auf einmal hatte ich so ein unbestimmtes Gefühl, beobachtet zu werden. Wenn ich mich auf eins verlassen kann, dann auf mein Gefühl. Ich drehte meinen Kopf in Frauchens Richtung und sah ihr direkt in ihre offenen Augen.

Okay, jetzt nur cool bleiben. Noch bin ich nicht im Bett. Mein hinteres Bein hing in der Luft und in dieser Position blieb ich einfach stehen. Is nix passiert, Frauchen du kannst ruhig weiterschlafen. Von wegen, sie lachte mich aus und wollte wissen, was das wird, wenn es fertig ist? Ich verstehe die Sprüche der Menschen nicht immer, wusste aber, dass ich auf frischer

Tat ertappt worden bin und zu allem Überfluss nicht gerade intelligent aussehe.

Na prima, Frauchen hat mich reingelegt und lacht mich jetzt aus. Na warte, das gibt Rache. Ich beförderte den Rest meines Körpers ziemlich unsanft ins Bett. Ich knuffte sie in die Seite, weil ich mitbekommen habe, dass sie kitzelig ist. Jetzt hat sie wirklich einen Grund zu lachen. Wir hatten wieder sehr viel Spaß und tobten rum, wenigstens, wie der Platz es uns erlaubte.

Frauchen rief nur: „Hör auf so herumzuhampeln, das Bett hält das nicht aus." Also schlossen wir Frieden und sie machte mir Platz. So ist es brav, geht doch, muss ich denn erst immer schimpfen? Menschen verstehen sehr schnell, was wir von ihnen erwarten. Meistens jedenfalls.

Frauchen hat mich ab und zu alleine gelassen. Immer kann sie mich halt nicht mitnehmen. Wenn ich Langeweile habe, untersuche ich mein Körbchen. Ich bekomme öfter frische Brötchen, mag diese aber nicht immer direkt und lege mir einen Vorrat an. Am liebsten mag ich diese, wenn sie trocken sind und so schön knacken.

Mein Frauchen wechselt öfter meine Decke, oder schüttelt sie auch regelmäßig auf. Sie findet immer meine Schätze, die ich mir für schlechte Zeiten aufhebe und trockne. Das Tolle ist, sie schmeißt diese nicht weg, sondern legt sie wieder zurück.

Jetzt werden Sie, lieber Leser, sich fragen: „Was bitte schön für schlechte Zeiten?" Ich werde es Ihnen sagen. Es kommt selten vor, dass Frauchen etwas kocht, was ich nicht so gerne mag. Also verschiebe ich meine Mahlzeit auf einen späteren Zeitpunkt. Dann kommen meine Schätze zum Tragen. Ich esse erst einmal meine gebunkerten Vorräte aus meinem Körbchen auf und widme mich zu einem späteren Zeitpunkt meiner Mahlzeit.

Oder Frauchen geht alleine weg. Was mache ich? Ich widme mich genüsslich und in aller Ruhe meinen getrockneten Schätzen. Es knackt und krümelt so schön. Es ist ein tolles Gefühl, in aller Ruhe mampfen zu können. Das Wohnzimmer sieht danach immer aus wie ein Schlachtfeld, aber Hauptsache es schmeckt!

Bis Frauchen nach Hause kommt. Sie lässt einen Brüller los und ruft: „Dina, du altes Ferkel, muss das denn sein, ich habe eben noch gesaugt." Klar, Frauchen, es hat super geschmeckt und erst diese Geräusche. Einfach toll. Ich habe schließlich die meisten Krümel aufgeleckt. Kann ich denn was dafür, dass Du auf dem dunkelblauen Teppichboden einfach jeden Flusen siehst?

Ich habe die meisten Spuren verwischt, so hast Du nicht mehr so viel Arbeit und bist schneller fertig mit Deiner Hausarbeit. Ich bin eben ein Prachtexemplar von Hund und weiß, wie ich Dir helfen kann. Was würdest Du nur ohne eine Haushaltshilfe, wie ich es bin, machen? Kannst stolz auf mich sein!

Frauchen, ich habe Hunger!!

Wie Sie bestimmt schon mitbekommen haben, bin ich eine Luxusausführung meiner Gattung geworden. Ich habe eine eigene Gourmetköchin. Okay, ich teile sie mir mit Tina. Habe sogar meine eigenen Kochtöpfe und Löffel nur für mich alleine. Besitze ein eigenes Auto mit Chauffeur natürlich, einen großen See, eine eigene Couch und zwei Menschen, die mir meine Wünsche von den Augen ablesen. Die für mich da sind, meine Ängste verstehen und mir geholfen haben, meine Vergangenheit zu vergessen. Ich lege ihnen vertrauensvoll die Verantwortung für mein Leben in ihre Hände. Sie wissen, was das Beste für mich ist und haben mich auch nie enttäuscht.

Jetzt geht es aber allerdings um das Thema Nahrungsaufnahme. Da lasse ich mir öfter einmal etwas Neues einfallen. Ich bin da sehr erfinderisch, aber Tina ist genauso raffiniert wie ich. Wir ticken eben gleich. Mein Frauchen meint immer liebevoll: „Ihr zwei seid ein Kopf und ein Po." Oder: „Euch zwei in einen Sack gesteckt, drauf kloppen und man trifft immer den Richtigen." Die Menschen und ihre Sprichwörter. Wie ich die liebe. Auch wenn ich sie nicht immer verstehe.

Also mein Frauchen kocht ja oft für mich frisch. Es

ist einfach nur lecker. Meine Portionen sind normalerweise immer ausreichend. Ist Frauchens Meinung, nicht meine. Ich sehe das etwas anders. Ich darf nicht zu schwer werden, da ich sonst als großer Hund auf Dauer Hüftprobleme bekomme. Okay, da hat mein Mensch ja recht, aber ich esse halt viel zu gerne.

Liebe Hundekumpel, wer kann so einer Mahlzeit schon widerstehen. Tinas Mutter wärmt mir immer mein Essen auf. Ist wohl besser für meinen Magen. Hauptsache er füllt sich. Ich habe irgendwann mein Essen stehen lassen. Mein Frauchen räumt meinen vollen Napf nicht weg. Da gehen die Meinungen oft weit auseinander.

Manche Menschen sind der Meinung, wird der Napf nicht angerührt, kommt er weg. Ich habe meine Portion immer da stehen. Es kommt schon einmal vor, dass ich darauf gerade jetzt keinen Hunger habe und mir lieber einen Schatz aus meinem Körbchen hole. Da verstecke ich immer die tollsten Sachen. Brötchen oder auch einige Scheiben Brot, die dann so lange liegen bleiben, bis sie hart sind und schön knacken.

Frauchen sagt dann immer: „Na, Dina, gehst du wieder Krüstchen suchen?" Klar, Frauchen, irgendwas muss ja in meinen Bauch.

Eines Tages kam sie auf die Idee: „Vielleicht bist du das Essen über und magst lieber Trockenfutter." Gesagt, getan. Ich bekam zusätzlich einen Napf mit Trockenfutter serviert.

Prima, jetzt weiß ich, was ich tun muss, um eine doppelte Ration Essen zu bekommen. Was einmal funktioniert, klappt vielleicht auch ein zweites Mal. Liebe Freunde, probiert es aus. Es ist fantastisch, es wirkt wirklich. Es ging einige Tage so, bis Frauchen ihre Tochter erzählte, was ich mache. Ich rühre mein Essen nicht an und bekomme zusätzlich eine Portion Trockenfutter, damit ich nicht hungern muss.

Tina lachte sich kaputt. „Mein Gott Mama, Dina verarscht dich nach Strich und Faden. Sie hat dich wirklich gut im Griff. Ich beweise es dir." Tina ging zu meinem Fressnapf und meinte: „Dina, was hast du denn Leckeres in deinem Topf, lass mich einmal nachsehen, was du da Gutes hast. Hmmmh, sieht das aber lecker aus." Das lasse ich mir nicht zweimal sagen und stürze mich gierig auf meinen Napf.

Upsi, ich glaube, ich habe mich gerade eben verraten und mir ein Eigentor geschossen. Frauchen fiel es wie Schuppen von den Augen und sie sah mich nur fassungslos an. „Dina, wie kannst du mir so etwas nur antun?" Tja Frauchen, jeder muss sehen, wo er bleibt.

Menschen essen ja auch das, worauf sie gerade zu diesem Zeitpunkt Hunger haben. Essen, wann sie wollen, oder wenn sich ihr Magen meldet. Uns Tieren geht es genauso. Ab und zu haben wir keine Lust auf Essen. Okay, das kommt natürlich seeeeehr selten vor. Dann sind wir froh, wenn unsere Frauchen und Herrchen unsere gefüllte Schüssel stehen lassen. Das ist auf jeden Fall unsere Sicht der Dinge.

Es gibt soooo viele Meinungen und Ratgeber, die noch mehr unterschiedliche Ansichten zu den Themen: "Erziehung, Ernährung und Verhalten" haben.
Aber das Wichtigste ist doch, uns Tieren eine Chance zu geben.

Alle Tiere haben das Recht, zu tollen Frauchen und Herrchen zu kommen. Ganz gleich was wir erlebt haben und wie schwer der Anfang mit uns sein kann. Die Menschen haben die Möglichkeit, uns unsere Vergangenheit vergessen zu lassen und unser Vertrauen zu den Menschen wieder herzustellen. Wir kommen mit einer Aufgabe zu unseren Menschen, sie zu unterstützen und ihnen zu helfen. Denn auch die Menschen haben ihre Geschichten, sei es die Vergangenheit, oder die Situation, in der sie sich zurzeit befinden und keinen Ausweg sehen, um etwas verändern zu können. Oder vielleicht auch nicht wollen.

Wir suchen uns unsere Menschen aus. Ja, Sie hören richtig! Wir werden zu unseren Menschen geführt, mit genau dem Thema, welches angesehen und aufgelöst werden möchte, und um ihnen ihren Weg für ihre Weiterentwicklung zu zeigen.

In meinem ersten Buch erzählte ich meine Geschichte, wie ich zu meinen Menschen kam und was ich mit ihnen erlebt habe. Es spiegelt meine tiefsten Ängste und Gefühle wieder.

In meinem zweiten Buch erfuhren Sie nun, wie ich mich zu einem stolzen und selbstbewussten Hund entwickelt habe. Es ist mit Witz, Charme und sehr viel Weisheit über die Spezies Mensch geschmückt.

Einige Zeilen für Dich !!!

So, Tina, Dir habe ich jetzt auch noch etwas zu sagen.

„Es war Schicksal, dass sich unsere Wege kreuzten."
„Es war Schicksal, dass Du mich ausgesucht hast."
„Es war Schicksal, dass ich bei Dir leben durfte."
Ich bin dem Schicksal dankbar.

Ich durfte mein Leben an Deiner Seite verbringen. Wir haben sehr viel gemeinsam erlebt. Du hast mir meine Angst vor Menschen genommen und mir gezeigt, was für ein tolles Leben wir Vierbeiner doch haben können. Hast mir Selbstvertrauen gegeben. Mir gezeigt, dass ich es wert bin, geliebt zu werden. Hast mir Hoffnung und Mut gemacht. Mich tröstend in den Arm genommen, wenn ich wieder Angst hatte. Hast mich beschützt und warst immer für mich da. Wir haben sehr viele Streiche gespielt und Frauchen oft an den Rande eines Nervenzusammenbruchs getrieben. Für all das und noch viel mehr möchte ich mich bei Dir bedanken.

Durch mich hattest Du den ersten, wenn auch überraschenden Kontakt zur Tierkommunikation. Und ich war es auch, die Dir gezeigt hat, dass es Euch Menschen möglich ist, uns Tiere zu verstehen. Das war meine Aufgabe, mit der ich zu Dir gekommen bin.

Ich weiß, wie schwer es Dir fällt, meine Geschichte aufzuschreiben. Zu schmerzhaft sind die Erinnerungen für Dich an unsere wertvolle und gemeinsame Zeit. Ich weiß auch, dass es Dir fast das Herz zerrissen hat, als Du mich gehen lassen musstest. Ich habe Dir gesagt, es ist kein Abschied für immer.

Wir sehen uns wieder
Und ich halte Wort

Bald werde ich bei Dir sein, um Dich bei Deiner Arbeit mit den Tieren zu unterstützen. Bis es so weit ist, passe ich auf Dich auf und gebe Dir jede notwendige Unterstützung von oben aus.

Du wirst mich erkennen, wenn wir uns wieder in die Augen blicken.

Ich freue mich schon auf unser Wiedersehen!!!
Bis bald

Deine Dina

Danksagung

Mein herzlicher Dank gilt all den lieben Menschen, die mich auf meinem Weg begleiten und an mich und meine Gabe glauben. Durch die Kraft, die sie mir geben, habe ich dieses zweite Buch zu Papier bringen können.

Sie machen mir Mut, unterstützen mich immer und stehen mir mit Rat und Tat zur Seite.

Durch ihren stetigen Einsatz und ihre Unterstützung habe ich die Möglichkeit bekommen, Dinas Geschichte zu schreiben.

Sie haben mir gezeigt, dass es sich immer lohnt, seinen Visionen und Träumen zu folgen. Auch wenn es sehr viel Kraft und noch mehr Energie erfordert. Es ist eine sehr tolle Erfahrung, die ich machen darf und an der ich weiter wachsen werde.

Ich möchte mich hier auf diesem Wege noch einmal bei ihnen bedanken und würde mich freuen, wenn diese lieben Menschen mich auf meinem weiteren Weg begleiten würden.

Vielen Dank von mir
und
ein liebevolles Wuff von Dina

Über die Federführerin

In Bonn geboren, in Russland und Wien aufgewachsen hat Sie eine Ausbildung zur Floristin abgeschlossen. Zurück in Deutschland arbeitet Sie bis heute in diesem Beruf. Die Liebe zu den Tieren und der Natur brachte ihre Gabe, die ihr schon in die Wiege gelegt wurde, zum Tragen. Schon während der Ausbildung zur spirituellen Kartenleserin und Geistheilerin, legte sie ihr Augenmerk auch auf die Tiere. (Na ja, ich, Dina, habe da auch meine Pfoten mit im Spiel gehabt.)
Als Medium, Empathin, Geistheilerin, spirituelle Kartenleserin und mentale Tierkommunikatorin arbeitet sie in Sinzig, wo sie sesshaft geworden ist, ihre Heimat gefunden hat und sich endlich zu Hause fühlt. Sie sieht ihre Aufgabe darin, dass den Menschen die Verbindung zu den Tieren wieder bewusst wird. Dass sie verstehen, wie viel sie von ihnen lernen können. Sie verweilen auf Erden, um die Menschen zu unterstützen und ihnen zu zeigen, wie sie wieder zu sich selber finden können.

Bereits erschienen

Martina Wissen
„Die zarte Seele eines sanften Riesen"

Im Buchhandel erhältlich als Buch und eBook
116 Seiten
Taschenbuch
ISBN: 9783741295034

Dinas Geschichte Teil 1

Dies ist die wahre Geschichte meiner Hündin Dina. Sie brachte mich dazu, meine Gabe zu erkennen und die Welt durch ihre Augen zu sehen. Ich bin ihr Schreibmedium.

Dina gib uns Einblicke in ihr Leben, ihre Gefühle, Hoffnungen, Freuden, Zuversicht, aber auch in ihre Ängste.

Es gibt viel zu lachen, und Sie werden mehr als einmal denken: „Typisch Hund! Das könnte meiner sein!"

Ein Buch voller Emotion, und meine Hündin ist der Meinung: „Das ist genau das Richtige, um vielen Menschen Freude zu bereiten."